给你 一双慧眼

雪漠 著

中国大百科全书出版社

图书在版编目（CIP）数据

给你一双慧眼 / 雪漠著 .-- 北京：中国大百科全书出版社，2018.4

ISBN 978-7-5202-0262-6

Ⅰ.①给… Ⅱ.①雪… Ⅲ.①散文集 – 中国 – 当代

Ⅳ.① I267

中国版本图书馆 CIP 数据核字（2018）第 070326 号

出 版 人：刘国辉

策划编辑：李默耘

责任编辑：姚常龄　程　园

责任印制：魏　婷

插　　图：画欣 Cindy

装帧设计：李　洁

出版发行：中国大百科全书出版社

地　　址：北京阜成门北大街 17 号

邮　　编：100037

网　　址：http://www.ecph.com.cn

电　　话：010-88390603

印　　刷：阳谷毕升印务有限公司

开　　本：880 毫米 *1230 毫米　1/32

字　　数：110 千字

印　　张：9

版　　次：2018 年 4 月第 1 版

印　　次：2021 年 5 月第 3 次印刷

定　　价：58.00 元

迷茫与追梦

《给你一双慧眼》针对的人群，主要以青年为主。为什么要特意为他们出书？因为对青年而言，人生真正的意义刚开始彰显。但纵观时下大部分青年，尤以大学生为例，有多少人明确知道自己的人生走向，或者明确自己内心深处的喜爱？又有多少人能不屈从于外界的压力，追逐自己的梦想？

他们中的大部分人面对即将被裹入的社会，那浓浓的迷茫，或许还有些许的惧怕，让他们轻易地顺着父辈们安排的路，走上和父辈们相同的轨迹。而自己的人生该如何去走，对他们来说，是一个或许要花费几年，甚至更长的时间去探索的问题。更多的人，只是一日度一日，结婚、生子，再让下一代重复自己的人生，就这样周而复始下去。

对刚踏上人生之旅的他们，每一天都有新的问题亟待解决——如何认知自我，如何与他人相处，怎样在社会中定位，以及如何才能找到自我的价值。这都是关乎每一个年轻人的问题，或许有人不去思索，但他必须得面对。

对大学生来说，最直接的冲击或许是梦想与现实的较量。我的一个学生告诉我，她的朋友曾经有一个令人敬佩的梦想，而她的家人强烈反对，并为她安排了一条现世安稳的出路，她很难过，因为她妥协了，她说："我把自己卖给了现实。"我相信，这样的例子不在少数。可真的没有机会吗？那个学生说，其实她朋友的家人，允诺了她十年的期限，让她去闯荡，其中的艰辛苦难不言而明，她放弃了。这是一个鱼和熊掌的故事，要实现梦想，就要付出艰辛，不想吃苦头，就只能放弃。今年想要拼搏，不甘混沌一生，明年想的就是找个清闲的工作，安稳度日，这或许是多数人的状态。

有人说是生活的现实撞碎了所有的勇气，梦想终究是一场梦，一点念头。现实的冷峻确实顽固、庞大，不容小觑，但你是否低估了自身的力量和坚毅？倘若心中守护着梦想，一直为此努力，那现实和梦想的博弈就仍在继续。而首先，需要对自我有个逐渐清晰的认知，想明白自己想要的、喜欢的到底是什么，你才有往下走的动力。

除去现实本身的残酷，我能感受到的还有所谓的"成功学"对他们价值观的影响。渴望有一番作为，渴望出人头地，可什么才算作为？如何才能出人头地？焦急的他们就这样被一张张"成功学"的蛛网网住，越裹越紧，一晃就到了中年，要想再脱身，就难了。到头来，对成功的定义都尚未分明，就走完了人生的大半。

因此，本书分为三部分："寻找自我""寻梦之旅""活在当下"，每一个部分对应不同的需求。或许有人一看，认为里面讲的全是大道理。其实不然，笔者只是提供了一种不同的思维角度，这样的思维角度或许有别于社会主流，但它直接对应你的心。倘若觉得有兴趣，就多看一看。觉得没兴趣，也可翻翻，再弃之一边，如果偶尔能在脑海里蹦出一二词句，恰巧为你解惑，这也很好。

其实现在很多人并不属于自己，他们被社会的观念所缚，被周围环境同化，被"他们都这样"绑住了心。这就是我为什么要把"寻找自我"放在第一部分的原因。即将走出校园的大学生，只有当你的目光投向自身，拥有了自己的心，并对自我有了一个智慧的认知，才能寻找到真正适合自己的道路，消解掉面对社会时的惶惑、迷茫和不安，以笃定的姿态踏上人生旅程。"寻梦之旅"则是一场与自己的博弈，这场博弈或许会持续一生的时间，需要的不仅仅是坚持，还有智慧。在这部分里，我对如何坚守自己，如何追求梦想有着不一样的解读。而"寻找自我""寻梦之旅"都是为了更好地"活在当下"。

有个学生的姐姐去年即将读博时，因意外事故去世了，一个年轻的生命就在她马上要发挥出人生价值的时候，戛然而止。学生说以前感受不到死亡的存在，就算知道每个人随时都会死亡，但是这次却真真切切地触碰到它冰冷的质感和无力回天的乏力，也突然明白了，什么才是活在当下的意义。去幻想十几年或者几年后的事情做什么呢？你都不知道下一刻还能不能存活。也因此，当下对她而言，不再仅仅是个虚无缥缈的词，它变得沉甸甸的了。活在当下，就是做好自己此时此刻应当完成的事，在此基础上选择有意义的事更好。谈到"意义"，有人讳莫如深，避之莫及，甚至会说就是要做一些没意义的事。其实意义不意义，只是一个概念，能让自己开心，让家人、朋友、接触的人都有一份好心情，就很好，这就是一种意义，它没有那么复杂。

当你真正明白了活在当下的含义，你就会发现你会少了很多的困惑，会变得坦然。人困惑多半是思虑太多，想要的太多。念及将来，回望过去，焦虑一直跟麻团一样堵在心口，当然会困惑。这是因为你忘记了一个东西，死亡。刚才那个学生还说，她现在手机里仍留有姐姐的联系方式，不忍心删去，好像一删去，那个人就真的与这个世界再没有了关系，仅剩下记忆。再过几十年，这记忆或许都会模糊。每个人都是这样，面对死亡，能留给他人的只剩下记忆。你还能去计较其他的吗？你唯一能做的就是在此时此刻留下些什么，留下的东西才证明了你的存在。留下的越有意义，人们记住你的时间也就越长。——当然，我甚至也不在乎"留下"，我最在乎的是当下的快乐和明白。

是为序。

目 录
Contents

给你一双慧眼

寻 / 找 / 自 / 我

你属于谁？

我写过一本小书《让心属于你自己》，讲如何真正地拥有你自己。有的孩子可能会问：难道我不是我自己吗？那我是谁？

其实，现在有很多人都不是他自己。比如，我的一个学生热爱自由，但她同时又很在乎别人的看法。从我认识她的第一天起，我就告诉她，不要为别人活着。可她一会儿放下了，一会儿又放不下。这说明，她根本没有真正放下。她最大的毛病，就是在乎世界。她不但在乎别人的感受，也在乎别人的回应，在乎别人的看法，这让她活得很累。有的人也觉得这样不自由，但他们无法摆脱这种控制，因为，他们想得到别人的认可，害怕被别人讨厌。

这种心理虽然很正常，可以理解，但它毕竟是一种贪欲，会牵制你的心。许多人就是为了得到社会的认可，或害怕失去社会的认可，才会做出很多违心的事情。最终，他们无一例外地迷失了自己，甚至堕落到底线以下。

那么，什么是认可？认可就是一点情绪。情绪来了，人们就认可你；情绪走了，人们就不认可你。就算这拨人认可你，下一拨人或许就不认可你了。你能迎合多少人？我们常会发现，童年的好友，能相伴到老的并不多。曾风靡一时的玩具，或某种玩耍的方式，也早已变成我们那一代人的记忆。整个世界都在不断变化着，没有什么能永恒，什么都会过去。曾经的不认可也罢，曾经的荣耀也罢，都会过去，你什么都留不住。如果你想通过这些无常的东西，得到一种稳定、满足、踏实、安全的感觉，就难免会失落。

有的人或许认为这种观点消极、悲观，还会将其视为一种无奈。但事实上，它就是世界的真相，不因我们的说而存在，也不因我们的不说而消失。世界本身就是这样。区别是，有人能发现，有人却发现不了；有人能接受，有人却接受不了。发现者不强求去改变它，也就谈不上无奈或者不无奈。而且，当你真正接受了，就会发现，世上的一切都在变化着，无论看来多么实在的东西，转眼都会消失，一切都不会永恒。包括所谓的无奈、悲观、消极等等。

因此，《金刚经》有云："一切有为法，如梦幻泡影，如露亦如电，应作如是观。"就是说，只要你能发现无常，接受无常，就会窥破世界的虚幻，进而发现，压在你心上的大石头，原来根本就不存在。你不用迎合，也不用压抑，你就是你自己。你每天的活，都是在做真正的自己，那就是最大的自由。

世上的一切都在变化着，无论看来多么实在的东西，转眼都会消失，一切都不会永恒。

人活着，必须思考的问题

一些读者说，读了雪漠心学的相关作品之后，才算开始了真正的人生。在此之前，他们没想过人生的意义，也根本不知道，原来人活着，是必须思考这个问题的。

有个孩子告诉我，她曾经的梦想是做一个优秀的海报或广告设计。后来她迷惑了。因为她想不通其中的意义。她说，自己不求名，也不求利，那么她在追求什么？难道她渴望的，仅仅是操控他人心灵，勾起他人欲望，从而获得一种成就感吗？这种稍纵即逝的情绪，真的能让她往后的人生变得充实吗？她发现，自己曾经的理想只不过是一种貌似理想的贪婪。对这种贪婪的满足，最终无法给她带来任何东西。于是，一个全新的问题进入她的心灵：她想成为什么人？她真正需要的，是怎样的生活？

但她的朋友跟她一模一样，大家在朝着所谓的理想生活奔去时，其实根本不知道自己想追求什么，非常盲目。所以，每个人都会对她说：别想太多，我陪你喝酒去；别想太多，我们去运动，出一身汗，就好多了。然而这些建议最终还是没起多大作用。所以，她最终选择了寻觅，后来才看到了我的书，听到了我的声音。她说，她一直向往着一种干净、简单、奉献的生活，但她没有勇气。整个社会都在告诉她，这样做，你会活得很糟糕。她以为自己错了，接触了传统善文化才发现，原来这样才能活得更好。因此，她不再空虚，不再失落，在实践这种价值观、人生观的过程中，渐渐变得充实、坚定、满足。

其实，一谈到人生意义，好多人都会觉得虚无。因为他们发现，什么都会过去，这个世界上根本就没有永恒。人一旦死亡，就会变得一无所有，就连他留下的文学和精神，也会随着人类的消失而消失。有一段时间，我实在不想写作，就是因为找不到写作的意义。我虽然写了很多有价值的东西，但《大漠祭》也罢，《猎原》也罢，《白虎关》也罢，《西夏咒》也罢，《西夏的苍狼》《无死的金刚心》也罢，能留到什么时候？我不知道。因为，我不知道地球何时灭亡，也不知道人类何时灭亡。一旦人类灭亡，我写的东西还有意义吗？所以，我很长时间不愿动笔。

后来，为了打破那种局面，我极力为自己的写作设定了意义：只要有一个人看到《白虎关》《猎原》《大漠祭》后，能对农民稍微好一些，更尊重他们一些，政府也能制定一些更好的政策，让农民过得好一些，我就没白写；只要能为老百姓带来一块钱的利益，我就没白活。因为有了这个想法，我才接着写了下来。同样道理，你也可以为自己设定一个意义。但要记住，只有能让世界受益的意义，才能支撑一个人的活着。否则，任何意义，都会让你更快"死去"。

你为了什么而活？

　　有个两年前丧夫的学生告诉我，她很为婆婆难过。因为，她的婆婆一直没从丧子的阴影中走出来，活得很痛苦。短短两年间，婆婆仿佛苍老了十岁，头发都白了，腰椎的问题也日益严重，连路都走不了太远。我那学生很想帮她，却无能为力。为什么呢？因为，她婆婆找不到活着的意义，也不相信真理本身。是故，她放不下。

　　一个放不下的人，总是把一切都看得非常实在。她总是希望孩子没有死，还陪在她的身边，不能接受这个世界的无常。但她不明白，世界不会因为她

物质是善变的，它不可能永恒。这个物质，既包括物，包括事，也包括人本身。

的不接受而改变，一切都不可能重来。当她沉浸在快乐的回忆时，回到现实，就会产生巨大的落差，感到痛苦。她不明白，让自己痛苦的，其实不是那件事，而是她的不甘心。她用不甘心，把自己困在一个不切实际的心愿里。但换一个角度看，这也说明她没有别的期盼，找不到活着的理由，又不得不活。因此，她活得压抑、痛苦，而且非常空虚。

我那学生之所以能从痛苦中走出来，是因为她接受了无常，为自己设定了一个活着的意义。两年来，她不断为那意义努力着，不留恋过去，不强求未来。因此她活得很满足，很充实，心灵也有所依靠。那依靠，就是真理。至于她能不能实现那意义，实际上已经不重要了。

每个人都是这样。假如你为了物质而活，你的精神支柱就迟早会崩塌。因为，物质是善变的，它不可能永恒。这个物质，既包括物，包括事，也包括人本身。那么，先要叩问自己：我为什么来到世界上？我为何而活？然后不断去寻找答案。找到答案时，你就拥有了人生的方向和取舍的参照系。那么，你的人生就不会虚度。那时，你必须把它视为人生中最首要、最重要的事情。

『不合理』符合谁的道理？

给你一双慧眼

我从不愿在任何一种规矩下写作。我的小说《无死的金刚心》就是自由写作的产物。

一位出版社社长看过我的原稿之后，认为小说不能这么写。这句话我听过很多次。从我刚开始写小说到现在，不断有人对我重复这句话。但我总是告诉他们，如果非要按照一种规矩来写的话，我就不写了，因为那样的写作对我来说没有任何意义。世界上有那么多可做、也该做的事情，为什么我非要去写一种规矩化的小说呢？我只愿写我自己想写的小说。

当初，托尔斯泰的《复活》也曾受到一些人的质疑，他们认为小说的情节"不合理"。但是，怎样才算合理？要符合谁的道理？正是因为有了各种各样的理论和规矩，好多人才缺乏自由写作的勇气。因为他们受制于环境，受制于文学。受制的原因又在于，他们缺乏一种智慧修炼，而智慧的修炼来自于信仰。陀思妥耶夫斯基是信仰者，托尔斯泰是信仰者，莎士比亚是信仰者，很多大师都是信仰者，孔子也肯定有他的信仰。当你有了信仰，就有了一份坚持与守候，有了一种能令你仰望和向往的东西。

人类需要这样的一份希望，也需要超越规则的勇气。因为，人类的本性中就有一种对善美、对自由、对永恒的向往和追求，只是，这样的期待总是被现实撞得粉碎。我们经不起这种失落，不知道自己的善意将会迎来同等的善意，还是欺骗、嘲讽与背叛。我们恐惧，恐惧未知中的可怕。所以，我们只有像蜗牛那样，躲在一个叫作"麻木与冷漠"的硬壳里，时不时地，小心翼翼地伸出我们的触角，看看外部世界有没有需要提防的东西，看看我们会不会受到突如其来的伤害。我们当然觉得疲惫，那沉重的硬壳阻挡了我们前进的脚步，让我们步履维艰，让我们不能飞翔，让我们不得自由，但我们却不敢毅然将其抛弃，因为我们缺乏力量，缺乏勇气，我们不知道，那"抛弃"的成本，我们是否负担得起。

但是，信仰告诉我们，你属于你自己，你有选择的权利。

这不是盲目，也不是冲动，更不是迷信，而是一种智慧的洞察。让自己心灵的光明焕发出来，远离表象的迷惑，不被世俗、流行的各种概念与理论所束缚，这就是信仰的超越。如果能实现这一点，并且被世界认可，你就是大师。

大师是建立规则的人，循规蹈矩的人不可能成为大师。只有实现超越后的"任我行"，才可能成为真正的大师。

现在，人们有很多困惑。有人说，这是因为现代人丧失了信仰。事实上，不仅仅是这样。其主要原因是，他们的心不属于自己，不知道自己为什么活着，不知道这辈子是做什么来的，也不知道自己需要什么。所以，很多时候，他们是被世界流行的情绪给磁化了。就是说，他们不一定真的困惑，但很多人都在困惑，他们就觉得自己也该困惑。同样道理，他们不一定真的焦虑，但很多人都在焦虑，他们就觉得自己也该焦虑。这时，就算他不愁吃，不愁穿，也还是不得不焦虑。因为，他被外界那种

我们的老祖宗认为，只要你把人做好，你就成功了；只要你有了智慧，马上死去也不遗憾，也就是『朝闻道，夕死可矣』。

焦虑的情绪、情感和氛围控制了。

那他们的心属于谁呢？属于身边的朋友，属于父母的期待，属于很多人对他的期待，属于异化和扭曲了的价值评判体系。

这个世界最大的问题就是价值评判体系的异化和扭曲。在这个时代，许多人会认为：如果你没有房子，你的人生就不成功；如果你没有车，你的人生也不成功；如果你没有体面的工作，你同样会觉得自己失败了。这种价值评判体系在中国古代并不是首要的。因为，我们的老祖宗认为，只要你把人做好，你就成功了；只要你有了智慧，马上死去也不遗憾，也就是"朝闻道，夕死可矣"。

这和信仰有没有必然的关系？没有。因为，当你觉得谁都需要信仰，你也要有信仰时，你又会被信仰控制。因为被控而建立的所谓信仰，其实不是信仰，而是一种作秀，是一种时尚。真正的信仰，不是表演给别人看的，也不是自己觉得：哦，大家都需要信仰，大家都呼唤信仰，那我就信仰一下。信仰是一种发自内心的爱。有这种爱，就有信仰；没这种爱，就没有信仰。

所以，不要把问题归结于丧失信仰，或者没有信仰。最主要的原因不是这个，而是人们被瘟疫一样的流行概念、流行观点控制了。如何让心属于自己呢？不在乎别人的规则，你的心就会属于自己。心属于自己的人，总是跟自己比，不和世界比。只要他明白了一点，快乐了一点，放下了一点，他就觉得自己成功了。因为，他的目的是完善人格，重塑自己，不是战胜世界。即便他现在是个小人，也没关系。只要他清楚这一点，还能一天天进步，最后就肯定能变成君子。那时，他就成功了。

所以，不要去管现在流行的一些观点，比如大学生毕业后可能找不到好工作，等等。你首先要问一问自己：这辈子，你究竟需要什么？

什么叫俗乐？俗乐也是庸俗之乐。

建立在物质基础上的快乐，就是俗乐。俗乐的特点是：得到这些东西时，你很快乐；一旦失去，你会非常痛苦；得不到时，你也会非常失落。

比如，有人夸你聪明，你很快乐；抽奖时抽到一部手机，你很快乐；有个美丽的女孩子爱上了你，你很快乐；买得起房子，买得起小车，你很快乐。诸如此类的快乐，就是俗乐。然而世界是因缘和合的，因缘不俱足，或因缘开始消散时，俗乐就必然会发生改变。我这里所说的因缘，其实是指条件。

这世上，没有不变的物质，也就没有永恒的俗乐。明白这一点的人，就会追求一种比俗乐更永恒的快乐，一种无条件的快乐；不明白这一点的人，就会像池塘中的蝌蚪一样，满足于眼前的一切，束缚于眼前的一切。池塘中的蝌蚪不向往更大的世界，它们觉得池塘就是整个世界，却不知道池塘里的水早就发臭了。

世界也是一样。眼下的这个世界，是个充满了欲望的世界，池塘很深，诱惑很多，能超越的人不多，能生起超越之心的人也不多。但是，不超越欲望的束缚，就意味着我们会因贪执而痛苦。比如，一旦你执著于这些诱惑，就会发现世界上到处都是比你过得更好的人，这时，你的心里就会出现一种不平衡感，我们称之为"分别心"。分别心的存在，会让你感到压力，感到焦虑，变得浮躁。

我举个例子，很多人都在疯狂买房，但你却买不起时，你就会觉得自己吃亏了，这种贪婪和不甘心会给你带来压力，让你生起巨大的烦恼。如果你不能正确地处理这种烦恼，一旦情绪失控，就可能会做出一些很邪恶的事情，例如贪污腐败、偷窃抢劫等等，有的人还会自杀。有些股票贬值、楼房贬值的人，也会自杀。为什么呢？因为他们的快乐建立在贪欲上面，一旦贪恋之物发生了改变，他们就会觉得自己失去了依靠，变得焦虑、恐惧，想要逃避。这样的人，心灵是不能自主的。

实际上，大部分人都不能主宰自己的心灵，那么，他们的心灵被什么所控制呢？答曰：欲望、执著、分别心。世界忽而兴起这个，他们就一窝蜂地追求这个；世界忽而兴起那个，他们又一窝蜂地追逐那个。自己需不需要？不知道。现代人的心理大多处于一种亚健康状态，就是因为在对欲望无穷无尽的追逐中，感到长期的焦虑与压抑，甚至在非常年轻的时候，就患上了恶病。

他们不知不觉地受到欲望的牵引，而在这种不断被欲望牵来引去的过程中，忘记了自己需要什么，忘记了自己的梦想。

当你被「抛弃」时

我们经常受到身边这样的人干扰。你有理想，但那理想跟他们不一样，或者会妨碍到他们，他们就会用一种世间的行为来干扰你、阻碍你，不让你实现理想。比如，年轻时我考上了师范，但我还想上大学，也复习了很多年，但是最后报名时，领导却不肯给我开证明。没有证明，我就没法报名；没法报名，我就进不了考场；进不了考场，我就上不了大学。所以，在那领导的阻碍下，我没有上成大学。

而将来你拥有一种信仰和梦想时，生命中也

必然会出现这种人。他们会公开地反对、迫害、折磨你，专门破坏你的好事，干扰你的信仰，摧残你的生命和理想，让你受尽挫折。在我过去的人生中，每到一个阶段，就会出现一批这样的人。他们被人们称为"小人"，我则称之为"逆行菩萨"。因为在那时，这些人似乎在干扰着我，但现在来看，没有他们，就没有今天的雪漠。所以，他们是我们信仰途中的另外一种动力。

记得在中学当老师时，我被扔到小学里；在教委工作时，我也被扔到小学里。为什么？因为我不懂曲意逢迎、讨好别人，大家都觉得我让他们不舒服了。比如：领导讲了一个不好笑的笑话，谁都笑，就我不笑；大家都在打牌、打麻将、吃喝玩乐，我却在学习；大家都没有梦想，我偏偏有梦想；过年时，大家都在请客、送礼、拜访领导、嘿嘿哈哈，我却没有这个习惯，直到今天，我仍然不去拜访领导，甚至不知道领导住在哪里；大家都在求领导，很多领导也想叫我求他，但我偏偏不求，还说自己没啥可求。那时，《大漠祭》都出版了，我却仍然被当成异类，谁都觉得我格格不入。所以，大概在二十二岁时，我就被狠狠地扔了出去。不过，大家知道我被扔到小学之后，在做什么吗？我每天三点钟起床，修行、练武、读书、写作。四十岁后，我为了保护身体，改到了五点起床，但五十岁后，每到三点，身体自己就醒来了。也好，我就开始禅修。我闭关时，每天至少禅修十二个小时。不闭关时，也是一天有三次禅修，每次两小时以上。在完全契入明空、整天心如如不动之后，我仍然坚持每天三次的禅修，早、午、晚各两个小时。我是想告诉身边的人，许多东西，只有坚持一生，才有究竟的意义。这种心的出离，才让我有了一种超越的智慧。所以，许多时候，我们需要为自己的灵魂留下一块属于自己的"自留地"。这世上，没有比善待自己的灵魂更重要的事了。

回过头看，到今天，那些没有被扔出去的人，只是从年轻的小学老师，变成了年老的小学老师——当然，这也没什么不好，但他们没有任何进步，或者升华，三十年后，还说着跟三十年前一个境界的话。三十年前算计好多东西，就那么个小职员的心，三十年后还是这样。

所以，要明白，当你不被一个群体欢迎，甚至被一个群体驱逐时，你可能是一个清醒的人，也可能会成为一个伟大的人。而且，他们把你抛出去，你不要怨恨他们，也不要怕，反而要感谢他们，感谢命运中所有的"抛弃"。

我们需要为自己的灵魂留下一块属于自己的「自留地」。这世上，没有比善待自己的灵魂更重要的事了。

概念下的人生

有一天，我跟一个作家聊天，他说，尊严需要金钱来支撑。这是事实吗？

当然不是。

这只是他的一个概念，而现在大部分人也认同这个概念，但他们不知道他们的心会因此被困住。因为在这个概念下有钱有房有车才是成功，没钱没房没车就不成功。他们被这种概念牢牢地束缚，或认为自己活得非常失败、非常潦倒、没有尊严，或为追逐成功的标签而不断地"被选择"，也就是在外部世界的裹挟下，不得不做出一些选择。但是，裹挟你的真的是外部世界吗？

世上有许多游戏，像演艺、学术、金融、政治等等，不同的人群制造了不同的游戏，不同的游戏困住了不同的人群。几乎每个人在进入某种游戏之后，都会在惯性的驱使下，身不由己地随着规则运动着、痛苦着、被困扰着。我们在乎很多东西，但其实我们在乎的是它的游戏规则。那个规则跟我们的生命有没有究竟的关系？没有。为什么？因为，你在乎的规则，别人不一定在乎，但他同样能活得很好。这说明，人的生命，不一定需要那种规则。而裹挟我们、压迫我们的，是自我的诸多欲望和概念。

比如，迈克尔·乔丹很成功，很多篮球迷疯狂地崇拜他，但你不爱玩篮球，所以你不在乎他的成功，也不羡慕他的成功。这说明，篮球界的游戏规则，对你的生命本体没有太大的影响。同样，当你不在乎政治时，你就不会在乎别人有没有升官，也不会羡慕他们。

再来想一想：你在乎什么？是不是必须在乎它？如果你在乎的规则，你的母亲不在乎，或者其他亲戚朋友不在乎，你还会在乎吗？如果答案是否定的，就说明那个东西不是你生命中必需的。那么，你就放下它，去寻找一种生命必需的东西。什么东西？第一是快乐和幸福，第二是自由。什么是自由？让你的心属于自己，世界上没有任何东西能控制你时，才叫自由。这个自由，不是金钱的自由，也不是规则给你的自由。规则永远不可能让你自由。因为，人的欲望永无止境。你会随着自己的欲望追求不同的游戏规则，永远都没有尽头。

所以，无论什么游戏规则，都永远不可能满足你的欲望。你越是追求，欲望就越大；欲望越大，游戏规则就越多。你在这个规则里成功了，又想到另一个游戏里追求。这个世界上，总有你还没玩成功的游戏。那么，就总有不让你自由的规则。只有当你明白它只是游戏，只是人为制造出的一种莫名其妙的东西时，才能挣脱它的束缚，不再执著于它。不再执著于它的时候，你的心就会远离它，才不再被它所控制，这时，你才能摆脱概念下的人生，活出另一份精彩。

一个朋友跟我说到她的梦想，但她没有办法去追逐，因为家人不同意，她又一直很顾虑他们的看法，所以选择了另一条现世安稳的路。而这个梦想还会不会去实现？很难说。

可是，每个人只能为自己的意义活着，要想活得快乐、自在，就不能活在别人的观点和眼光里。别人的意义只能给别人带来前进的动力，而我们自己要训练出一颗属于自己的心。

换句话说，你想成为什么人，就去努力成为那个人，不要管这个世界怎么想——当然，假如你想做的事情对世界有害，那就另当别论了——

我们这辈子最重要的，就是践约自己的憧憬和向往。在这一点上的态度，往往决定了我们的行为与进取的方向。因此，它也决定了我们人生的高度、质量与价值。

比如：你想做个小人，就必然成为小人；你想做个君子，就必然成为君子；你觉得自私很好，就必然不会为世界贡献什么价值；你向往佛陀、孔子、孟子那样的伟人，人格就必然会不断升华，最终成为他们。要明白，决定你人生轨迹的，决定你命运的，不是别人，不是世界，而是你的向往和你对待向往的态度。它就是你活着的理由。

这个活着的理由，就是人与动物的真正区别。从本质上看，人跟动物的区别并不大，两者都是吃了睡，睡了吃，吃完了工作，工作完再吃，吃完再睡。假如人仅仅为了生存而活着，就会变成一种貌似人的动物。两者都像忽生忽灭的泡沫一样，留不下任何东西，在日复一日的庸碌和麻木中，在随波逐流中，等待死亡。当呼吸停止，平淡且缺乏意义的人生，就会被划上一个同样毫无意义的休止符。因此，我们称之为"混世虫"。

而我倡导的心学反对这样的活法，它追求活着的意义。它认为，每个人的活着，都在不断向死亡走去：穷人是这样，富人也是这样；达官贵人是这样，老百姓也是这样；骑毛驴是这样，开宝马也是这样。金钱和名利等，都没有真正的意义。

那么，人如何填充生死间的空白？什么才是真正的意义？在这一点上，我们应去寻找属于自己的答案。

其实每个人都知道选择的重要性，可总是会在选择的时候不由自主地被外界牵引，甚至偏离原本的方向。那怎么才能做好每一个选择，尤其是一些意义重大的选择呢？

首先，必须有一颗独立的心灵。一个人必须清楚自己想追求什么，想实现什么。否则，他就只能迎合世界，按照世界的步伐走路，追求世界告诉他的某个目标。最后他会发现，自己的脚步声已经消失在世界的脚步声中，他失去了自己。最可怕的是，最初，他或许觉得世界的步伐不一

不管过去，不管未来，将所有的生命都专注于当下的行为，全神贯注地付出，清醒而敏锐。

定适合自己，走起路来碍手碍脚的，但过上几年，习惯了，他心灵的奴性就会越来越强。只要世界一吹起号角，他就会不由自主地跟着所有人一起踏步。这时，他已经不是他自己了，只是世界工厂批量生产的玩偶之一。

这也是我之所以写作心学系列的原因，就是想告诉大家：我们不一定要做世界的玩偶，我们可以拥有自己，拥有自己的心灵。当你有了独立、自主、强大而且能超越世界的心灵时，就可以自由地入世做事，并且肯定会很成功——虽然你可能不在乎成功了。因为你不管过去，不管未来，将所有的生命都专注于当下的行为，全神贯注地付出，清醒而敏锐。而且，你不在乎金钱，不在乎成功，不在乎名利，不追求与目标无关的一切，因此不会被层出不穷的现象迷惑，不会被各种欲望引诱。那么，你的成功，就是必然的。

如果没有这样的一颗心，即使你成功了，也肯定不是大成功。你的人生到不了一个很高的境界，也无法成就能够传世的价值与事业。因为，世界上实在有太多诱惑了。例如当我们坐地铁时，看到了很多漂亮的女孩子。这样的女孩充满了世界的每一个角落。你哪怕只在她们每个人的身上花上一秒钟，也会把一辈子都耗进去。

当然，这是一个比喻。我只想告诉你，假如没有一定的智慧和定力，你就会轻易受到诱惑，在不知不觉中虚度一生。猛然觉醒时，你会发现，自己在温柔乡中沉睡了好久，一事无成，却已经老了。这时你才明白，无论眼前的一切多么诱人，最后属于你的，也只是四块棺材板。但是，你再想挽回什么，再想改变什么，却已来不及了。

◀◀

　　现代的流行价值体系很可怕。为什么可怕？
因为，不管你有怎样的人格，有怎样的境界，有怎
样的思想，只要你是个编草鞋的，是个公司小职员，
是个卖水果的，或者是个清洁工，就没人会尊重你，
没人会相信你，更没人会敬仰你。他们会觉得，你
说了这么多话，但是自己连饭都吃不上，我为啥要
照你说的去做？你怎么证明自己的思想能让我活
得幸福快乐？他们认为，听了你的话会赚不上钱。
如果苹果公司的总裁史蒂夫·乔布斯说出"追寻
你内心的声音"之类的话，会变成这个时代流行

的一种声音，他自己也会成为千万人效仿的对象。但一个街头卖唱的孩子说同样的话，好多人都会嘲笑他。可能也有一些人会佩服他，甚至羡慕他，但是仍然不会效仿他，除非有一天他成为知名的歌星。为什么呢？因为乔布斯赚了很多钱，他拥有足以让整个世界认可自己、敬仰自己的地位和财富。这就是最可怕的一点。

当然，我并不是在否定乔布斯这个人，而是说，对于现代人而言，金钱与地位已经变成了某种硬指标，没有达到这个硬指标时，你就不可能得到别人的尊重。这是非常糟糕的。因为，这意味着所有人都在关注金钱和地位，而忽略了人格与良知，尤其不会去叩问自己的人格是否完善，自己有没有违背良知。这不是某个人的错，而是这种流行价值体系的必然结果。但是，如果每个人都不愿意正视这一点，不愿意远离这种价值体系并彻底将它扫出自己的心灵，这种价值体系就会一直控制整个世界，影响每一个人。它所催生的，也必然是道德底线的沦丧。

因此，我才会在一篇文章中提出，谴责恶不如倡导善，倡导一种健康的价值观，倡导一种健康的活法，倡导一种对整个世界真正有益的东西。如果我们不愿远离流行价值体系，害怕会因此失去社会的认可，但又为了社会的道德沦丧而愤怒、不满的话，就会显得非常荒谬、非常矛盾，就像我们生下了孩子，又不能忍受他的哭喊和顽皮一样。要明白，单纯的愤怒和指责改变不了多少东西，只有逐渐独立于如此的主流之外才能开始改变社会。

我有个学生，是个非常单纯的人，她只想简简单单地活着，实现一种非常简单的意义。但是，刚参加工作的时候，很多人都告诉她这是错的：单纯会让你吃亏，单纯会让你很难在职业上有所成就，单纯会让你受骗，人家也不会认可你，不会信任你。所以，她曾经费尽心思地隐藏自己、改变自己。她学着去关注别人关注的东西，比如薪酬、待遇、级别、未来的发展空间等等。最后，她发现自己失去了心里最圣洁的地方，她无处安置自己的灵魂了，她开始厌倦自己曾经热爱的东西，甚至觉得生命是一种巨大的负担。

为什么会这样？因为她活在了流行价值体系的操控下。当被操控时，你的人生就不是自己的，你的心也不是自己的，是谁的呢？是各种概念的，是各种标准的，是社会流行价值评判体系的。这时，人也不再是人了，成了价值评判体系下的那些不由自主的浮标，是水中漂浮着的皮球，随着水浪的高低而起伏，没有自己的声音，没有自己的意愿，没有自己的方向，没有自己的追求。假如我们的心灵变成了浮标，我们中华民族就不可能在世界文明的格局中占据非常重要的位置，科学也罢，人文也罢，都是这样。

但是，人为什么一定要这样活着？有没有另外一种活法？

当我走出国门，在法国法兰西学院谈东方文化，把东方超越智慧告诉那些法国人的时候，他们觉得非常吃惊，因为他们不知道中国文化里还有这样的东西。有趣的是，他们告诉我，你不要说"东方哲学认为如何"，也不要说"西部文化认为如何"，要说"雪漠认为如何"。他们不喜欢"东方哲学"这类表述，他们喜欢听到的是"雪漠"怎样认为，就是说，他们的文化追求一种个体化：你认为怎么样，就不要管别人认不认可，不要管派别，不要管流派。这一点非常好，这也成了后来雪漠心学的缘起。他们更在乎"雪漠"的个体性特征，这种个体特征，不光是知识领域的一种挖掘，或者说诘问，而更多的是独立于流行概念、流行价值体系的一种思考。

那么，你敢不敢去思考并认可很多流行价值体系不认可的事？不过，我强调的是"独立"，而非"对立"，是摆脱外部世界的控制，形成一种独立的思考，而不是跟外部世界对着干，不是你反对什么，我就支持什么，你给我什么，我就拒绝什么。所以，我们要尊重世界，但不迎合它。

界，但不迎合它。
我们要尊重世

「我是谁」由我定

你知道你是谁吗？不是姓名符号代表的你，而是你的本质。其实不知道，也不打紧，用不着去纠结。

要知道，人就像橡皮泥，你想把自己捏成什么样，你就什么样，所以，不要问"我是谁"，要问问自己想是谁。你想是谁，你就是谁。你想当小人，你就是小人；你想当骗子，你就是骗子；你想当圣人，你就是圣人；你想成为菩萨，你就是菩萨。所以，"我是谁"由你自己决定，也由你自己选择。

有人问"我从哪里来"。其实你来自自然，也会归于自然。你是自然中一个非常偶然的因素聚合体。诸多因素偶然聚合后，才出现了你。你的一生也是一个巨大的因素聚合体。比如：如果你老是杀生，你就是屠夫；如果你教书育人，你就是老师。生命在本质上是一段时间，而从生到死之间的空白，由你自己来填。所以我才说，你想是什么，就是什么。

同样道理，"到哪里去"也是你自己的选择。到了一定的时候，根据佛教理论，你做过什么样的事情，就有什么样的结果。这个结果仍然由你来选择，跟别人没有关系。你的心想到什么地方去，你就会到什么地方去。比如：作恶的，就堕入地狱；愚痴的，就成为畜生；贪婪过度的，就变成饿鬼。地狱、畜生、饿鬼并非指具体的东西，可以把它们理解为一些非常糟糕的生命状态。

我有个朋友，曾经迷恋炒股。刚开始，他投进去四十多万元，涨到六十万、一百二十万都不愿放弃，最后涨到一百二十八万，他还是不愿放弃。后来那股票就一直跌。跌的过程中，他心力交瘁，痛苦不堪，吃饭不香，觉也睡不好，整个人憔悴着，就想跳楼自杀。这难道不是典型的饿鬼道吗？畜生道又是什么状态呢？愚痴的状态。现在有很多人都很愚痴，他们除了饱食终日、无所事事外，对地球没有一点点贡献。他们糊糊涂涂来，糊糊涂涂去，活着，就是在消耗人类资源。其存在和动物性的生存没什么区别。这种人就活在畜生道。

还有一些人，整天充满仇恨。不是你杀我，就是我杀你；不是你斗我，就是我斗你；不是你算计我，就是我算计你。整天纠斗不休，特别痛苦，就像活在十八层地狱里一样，经历着各种各样的痛苦磨难。关于这一点，萨特有一句名言：他人即地狱。如果处理不好和别人的关系，处理不好和世界的关系，就会像活在地狱里一样。这就是地狱道。

每个人其实时时刻刻都处在六道轮回中，不要觉得它多么迷信，也不要去追寻一些大而无当的问题。因为那些问题跟你没有关系。我们只要解决好自己的问题就行了。

所以，重要的不是"我是谁"，而是我想是谁。

很多人知道，《大漠祭》《猎原》《白虎关》中的灵官，《西夏咒》里的琼，《西夏的苍狼》中的黑歌手和灵非，《无死的金刚心》中的琼波浪觉，《野狐岭》中的马在波，他们身上都有"雪漠"的影子。但他们可能不知道的是，我书中所有人物的身上，都有我的影子，包括王善人、瘸拐大、宽三、谝子等人，甚至连那些因妒生恨的女人们，也都是我打死了的"雪漠"。

"雪漠"不是圣者菩萨，不是应该被谁歌功颂德的神秘存在，而仅仅是一个明白了的普通人。

明白人，不会被
世界上的各种表象所
迷惑，因此自主、快乐、
逍遥……

除此之外，我不想拯救谁，也不想拯救这个世界，我只想明白且快乐地活着，又不想一个人躲起来偷着乐，所以我愿意把这份明白与快乐分享给需要它的人，就是这样。

在这个世界上，本来就不存在一个至高无上的神，有的仅仅是"不明白"和"明白"的这两种人。明白人，不会被世界上的各种表象所迷惑，因此自主、快乐、逍遥；不明白的人，总是把什么都看得非常实在，心不断随着现象的生灭而发生着变化，心灵不能自主，因此痛苦烦恼。人与人之间的区别仅仅是在这里。这很像一个人找到了房间的钥匙，就可以打开房门，舒舒服服地坐在床上；另一个人没有找到房间的钥匙，就只能坐在门外，期待和猜度着啥时候才能等到那个为他开门的人。

但每一个人都要明白，在这个世界上，能救自己的，不是你的老师，不是你的父母，而是你自己，而且永远都只有你自己。那么该如何自救？学会取舍，就是最好的自救之法。教会你如何取舍的人，便是你生命中的"贵人"，也是你生命中最重要的老师。

那为什么要自救？因为一旦我们想得到更多自己不能拥有的东西时，痛苦就会爬上我们的心头；而当我们懂得珍惜、懂得知足的时候，生活是快乐而简单的。我们所有贪求的对象其实都是一种因缘聚合之物，无论我们拥有与否，它都不会永恒不变，包括贪婪本身，也不过是一种瞬息万变的情绪。

当我们不明白这一点，把它们都看得非常实在的时候，我们的内心就会感到痛苦，因为生活不一定每次都会让我们拥有自己想要之物。你可能会爱上一个不爱你的人，可能会看上一台你买不起的名牌手机，还可能会很想得到一个不属于你的工作机会……当欲望像潮水般淹没了人类的良知与智慧时，每一个人都会受到来自于外界的各种挤压。有的人在生活的挤压中堕落了，有的人却实现了超越，成为足以令万世敬仰的伟大人物，比如历史上的孔子、密勒日巴等等，比如《西夏咒》中的雪羽儿。

其区别在于，你选择在痛苦中觉醒，还是宁愿在痛苦中放纵自己的贪婪和仇恨，因而变得更加愚痴？而这一切都需要你自己去选择，去取舍。

　　朋友经常对自己感到不满意，问他为什么，他说，因为大家都这样啊。但我不是。什么叫"集体无意识"？这就叫集体无意识。大家都"这样"，那么我也"这样"，如果我跟大家不同，我还感到痛苦。

　　集体无意识，是真正的随波逐流。它最可怕的地方在于，好多人都意识不到这一点，还以为事情本来就该这样。比如，我提倡摆脱欲望的束缚，但好多人是不会听的。为什么？因为他们不觉得自己被束缚了，他们觉得有欲望很正常，满足欲望也很正常，一个人追求自己想要的生活，有什么不对？

确实，人都有追求，也都有想要的生活，但问题是，如果你不想痛苦，想要快乐地生活，想要实现一种岁月毁不去的价值，就要超越目前的这个状态。否则，你的行为与你的期待之间，就会形成一个巨大的矛盾。尤其可怕的是，有的人虽然追名逐利，但是他能有所为有所不为，可有的人却不是这样，他们在追名逐利中迷失了自己，抛弃良知，丧失底线，还大肆宣扬这种价值观和人生观，污染着他所在的环境和他身边的人。当这种情况成为某个领域、某个群体的常态时，那个领域、那个群体中的人就会觉得这是对的，不再自省，无意识地做出许多罪恶的事情。

我举几个简单的例子：屠夫的工作就是杀生，所以他们不会觉得伤害生命是不对的，这就是屠夫的集体无意识；娱乐圈中充满了欲望化的行为，每个人都是这样，大家就不会觉得自己有什么不对，这就是娱乐圈的集体无意识。作家群体也是这样。大家都在谈获奖、谈级别、谈版税、谈稿费的时候，每个人都会觉得自己必须去追求这些东西，谁也不认为自己应该关注其他东西，例如人民的苦难、人类的命运、人类对永恒的追索等等。至于这些行为对不对，他们追求的是不是自己真正需要的生活？不知道。

在这个过程中，他们根本不知道自己被规则裹挟了，反而乐此不疲。他们衡量自己的价值也罢，计划自己的人生也罢，享受自己的快乐也罢，都离不开这些规则。但是，为什么非要这样活着？他们自己可能都说不清楚。他们只知道，整个世界都是这样的，这就是世界的游戏规则，他们不想被抛出游戏之外，还想做游戏的赢家，至少不是游戏中公认的失败者。他们不知道，自己得了一种叫作"集体无意识"的病。

那么，当你无法融入这样的集体时，你是否有勇气说出"虽然大家都这样，那我也不愿意"呢？

让你的心属于自己

经常有人说，等我以后我要怎么怎么样。但生命无常，人生无常，世界也很无常，所有的事物也罢，时间也罢，都不会停留在某个时刻，等着你做出某种选择，等着你去做某件不做就会后悔的事情。

所以，首先要完成那件不做你就会觉得自己白活了的事——这是一种拒绝干扰、污染与浪费的智慧。当你做不到这一点，不能从旧的活法中抽离的时候，就不应该再去埋怨、不甘、自责，因为这没有任何意义，只会给你带来烦恼，让你活得非常苦闷。你应该安住于当下，做好眼前的事情，然后随缘，但是一定要守住你该守的东西。慢慢地，你就会发现，你的心灵在改变，你的命运也在改变。

而当你做到你的心属于自己，跟世界没有关系的时候，那么全世界都在赞美你，你也不会忘乎所以，或倍加努力；即使全世界都在骂你，你也不会感到沮丧。这就实现了庄子所说的"举世誉之而不加劝，举世非之而不加沮"。这也就是超越。真正实现超越之后，你就不会被世界的变化所影响，永远都知道自己该相信什么、坚守什么，该拒绝什么、舍弃什么。这样的人，是不会感到压抑的。

之所以感到压抑，是因为我们在无奈地接受，而不是自主地选择。这时，控制我们幸福的，不是我们自己的心，而是金钱、物质和别人的认可。如果你一生中最重要的事情，就是得到这些东西，你就必然会活得压抑。因为，它们不会永恒。无论你有过什么享受，无论你赚了多少钱，无论你比多少人更强，无论你得到了多少职场上的荣耀，都会很快成为过去。

有的朋友曾经过五关斩六将，得到了很好的工作，让无数人非常羡慕，但过了不到两年，人家就忘了，他也觉得没有意思，就开始寻找下一个挑战。不过，即使他完成了下一个世间法的挑战，也会像之前那样，很快就觉得无聊、失落。因为，欲望的本质就是一种情绪、一个念头，一旦过去，也就消失了，留不下什么东西。如果你不明白活着的意义，仅仅想通过实现一些短期的目标，来让自己得到满足，你就会失望的。

所以，不要管世界叫嚣着什么，要拥有自己心灵的主导权。要知道自己的生命真正需要什么，然后做好自己该做的事。否则，你就会为了一些莫名其妙的事情，挥霍大量的生命、精力和金钱。

有一天，我在某大学演讲时，谈到活着的理由，有一位女教授对我说："雪漠，活就是了，为啥要谈活着的理由？你想这么多，累不累呀？我就不想这些东西。死了就死了，活着就活着。"她这样的想法，好多人都有，但我倡导的心学不追求这种活法。

雪漠心学认为，如果一个人不善待自己，不提升自己的生命价值，不为世界贡献一种高尚、美好的行为，就会像苍蝇飞过虚空一样，留不下任何痕迹。它还认为，如果你一辈子的梦想就是娶个漂亮老婆，你这辈子就注定要失落。因为，就算你真的娶了个美女，十年后，那美女也会变老、变丑，变成黄脸婆。当你发现苦心追到的女孩不美了，自己也老了时，你就会变得非常沮丧。好多世俗梦想都是这样，这可以说是世俗追求的特点。

而且世俗追求往往很小，没有上升到人生的高度，不能拓宽你的胸怀、提升你的境界、滋养你的慈悲心，更不能改变你的生命价值。换句话说，生命中有它还是没它，你都是那样。那么，你就不一定要追求它。值得一个人追求一辈子的是什么呢？是心灵和生命的升华，以及能让你实现这一点的东西。比如，我总能发现商机，一旦经商就很成功。有一次，我就问老婆，我们要不要做生意？做生意的同时，也可以写作。老婆说，你这辈子不是为了经商来的，你是为了写作来的。她说，你这辈子花不了多少钱，没必要再去浪费时间，就算你拥有上亿的金钱，你也用不了多少。她说得也很好，所以，至今我仍然不是生意人。

实际上，每个人都是这样。你不想变成混世虫，想实现超越，就要明白你这辈子是来做什么的。然后，守住你活着的理由，其他的都放弃。只有这样，超越才可能产生，自由才可能出现，而这时，你才真正善待了自己。

值得一个人追求一辈子的是什么呢？是心灵和生命的升华，以及能让你实现这一点的东西。

现在卖得最好的是什么书？是官场小说、职场小说。一些坏的官场小说是讲什么的？它是教你如何当官，如何投机，如何跑官，如何腐败，如何揣摩领导心思，如何实现最后的堕落。它还会告诉你，如果你不堕落，就会如何如何。试想，这样的书能让人升华，让人变得更伟大吗？肯定不能。

我曾专门谈到自己对一部官场小说的看法。那部小说卖得很好。我读完之后，就突然想让儿子也看一下，我知道，他看了肯定会很惶恐。为什么呢？因为，那部小说会告诉他，不堕落就当不了官，当不了官就活不下去。事实不是这样的。我们就算不当官，当个老百姓，不投机、不坑人、不卑鄙，照样能活得很好。因为，人活着，本来就要不了太多东西嘛！

比如我自己带了一壶水，路上喝了一杯，剩下多半壶，又有人给我倒了一杯，我把它加进去，也就够喝了。现在，外面下着雨，屋里温暖如春，我们轻轻松松地聊着天，喝着一杯水，就很快乐了，对不对？这时，如果你心里还想着一些鸡零狗碎的、算计别人的东西，或者想着如何让自己成功，就不对了。成功是什么？成功就是当下的明白、安详、快乐、知足、放下、善待他人。还有比这更好的成功吗？没有。

所以，要在阅读中明白一种自己没有的东西，寻找一种自己没有的东西。要知道，我们没有的，正是我们需要的。有时，我们甚至要把一些原来的东西像垃圾那样扫出去，给自己的心灵留点空间，放点好东西。一定要明白，无论你有什么向往，为自己设定了什么理由，如果为达目的，不惜费尽心思地伤害别人，你就是失败的。即使真的达到了目的，你也是失败的。首先要记住，做任何事前，都要让心属于自己，要做到"不做亏心事，不怕鬼叫门"，也就是活得坦然，问心无愧。如果能做到这一点，人就是开心、幸福的，然后积极地做事，不要被社会影响，要有自己的成败标准。很多经典，都告诉了我们这个道理。

除了现实世界之外，人类还有一个心灵世界、灵魂世界。无论现实中发生什么事，人类对生活的感觉，都来自于心灵世界和灵魂世界。所以，不要让现实世界干预你的心，要保留一个很美的心灵世界。一定要明白：人活着时，只要心幸福，人就幸福了；心不幸福时，无论拥有多好的物质条件，人都是焦虑、痛苦的。

所以，不要光读一些教你应世技巧的工具书，要多读一些思想境界、智慧境界高于你的书，不要读那些思想境界不如你的书，更不要跟随时尚去读一些东西。因为，那样的阅读，只是在浪费生命，没有意义，不能给你带来任何营养，甚至会搅乱你的心，教唆你放纵、堕落。就算它没让你堕落，也是在消耗生命。我们不要消耗自己，要升华自己。

　　小时候，我会算命，能算出好多人的命运，但是，有一种人的命运我算不准，也没有任何一个人能算得准。那就是大修行人。

　　因为，大修行人能改变自己的心灵，他的心一变，命就变了，这种人的命运有着无穷的可能性。好多人不明白这一点，才老是怨天尤人。他们埋怨父母不给自己提供很好的条件，埋怨领导看不到自己的付出，埋怨伴侣不能满足自己的期待，埋怨世界埋没了自己的才华……总之，他们有着诸多的埋怨，觉得命运对自己不公平。事实上，虽然命运中有的东西说不清，但决定命运的，却不是那些东西，而是我们的态度和选择。幸福也罢，痛苦也罢，顺境也罢，逆境也罢，成功也罢，失败也罢，升华也罢，堕落也罢，都是我们自己的选择。外界的一切，只是助缘。

常人以为拥有一切，就会快乐，其实不一定；一无所有，也不一定就不快乐。我们之所以快乐，是因为满足、安详，没有恐惧和不安，心里充满了温暖，也能感受到爱。这些东西，跟境遇没有必然的关系。如果一个人在经历苦难之后，能参透生死、看破红尘，他就会拥有一种超越的智慧和一种强大的心灵力量。他也会明白，所谓的苦难只是分别心的产物。没有分别心，人生就没有苦难。所以，对于懂得如何面对磨难的人来说，磨难并不是一件坏事。所以，世界上没有坏事，就算有，也是心灵的堕落。

那么，当你希望人生能有更大的格局，希望自己能进入一个更高的境界，希望能自主心灵与命运的时候，你就不要计较眼前的一切，不要盲目拒绝一些不实用的东西。要明白，最重要的，不是赢得短期利润，而是让心灵尽快地大起来。为了实现这一点，你需要阅读一些智慧之书——即使它们并不实用——也要接触一些与生意无关，但能带给你启迪和智慧的朋友。最后，你的心变得无限博大，你的命运就会发生变化，你就会成为一个时代无法忽略的人。

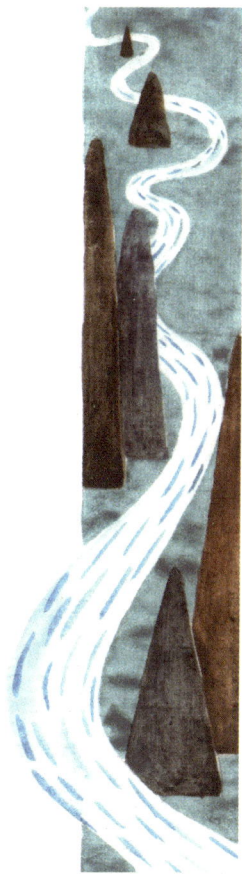

我们之所以快乐，是因为满足、安详，没有恐惧和不安，心里充满了温暖，也能感受到爱。

深浅功夫，心上过招

　　我们总是会以为世界就是我们看到的那个样子，看不到的东西，世界上就不存在，真的是这样吗？

　　不是的。世界有的，你自身也有，人世间的事物和虚空中的事物就是这样。所以才把人身称为"小宇宙"。当然，一切不离心性，一切不离自性。任何时候，都不要离开心性去看待这个世界。但有时，我们会执著心中的某种情绪，并认为它是一种实有，这就叫执幻为实。一个典型的例子，就是我们一旦认为某人很可疑，就觉得他的言行举止背后，定然藏着某种不可告人的东西。事实是否如此呢？不一定。

执幻为实的时候，我们很容易会入魔，因为我们相信自己的幻觉，认为幻觉本身就是真实的存在。其实，情绪是幻觉，想法是幻觉，就连整个生命、整个人生、整个世界，都是巨大的幻觉，因为它们本质上跟幻觉一样，随时都在改变。除了究竟的真理之外，世上没有不变的东西，没有究竟的实体，一切都是各种条件的组合，外界的一切都是这样。

当你执著某个东西，以为自己可以抓住它、可以永远占有的时候，它就会把你牢牢地捆住；当你的心被捆得越来越紧时，它就左右了你的心灵，使你的心灵受控，让你越来越无法自主，你就很难解脱了。

比如，今天既然聚在一起，我们就聊聊天。我觉得这个机会非常好，如果没有这次的聚会，我一个人待在屋子里，也很好。我不执著于任何一种生存状态，也不在乎有没有人听我说话，所以无论怎样的生活，我都觉得非常好，没什么不满足的。没什么钱的时候，我们一家人在生活上省着点，印些报纸送人；现在经济上宽裕了，想要一起传播善文化的人也多了，我们就多出几本书，多做一些视频，多办一些讲座，多给全国各大学图书馆捐一些书，也很好。什么东西都是一样，来的时候你就让它来，不要执著于不让它来。有的人恐惧变老，惶惶不可终日，擦这个美容品，吃那个保健品，还不惜往脸上打针、动刀子，千方百计地想要阻止身体的衰老，但他终究有一天会呈现出老态，终究有一天要面对自己脸上的皱纹，面对鬓角的白发，面对躯体的佝偻和机能的衰退。不仅如此，他迟早还会面对死亡。执著于不衰老、不死亡，又有什么用呢？只不过平添了烦恼。

　　一只蚂蚁不管有多大的勇气与多么超人的热情，也无法举起一个地球；一个念头、一种情绪即便强烈到极致，也不可能阻挡奔涌而来的自然规律。所以，聊天就聊天，待着就待着，聊天很好，待着也很好，没什么不好的；来也罢，不来也罢，都非常好。不好的不是世界，而是自己的心。心态好时，一切都好，因为，快乐源于心，明白源于心，一切都源于心。

　　任何事情都要从心上下功夫，不要总是埋怨和挑剔这个世界。

　　我在关注社会的时候，始终不觉得其中那些不好的东西跟自己没有关系，相反，我更多的是在别人身上发现自己的恶，这也许便是基督教说的那种原罪。它其实源于欲望和无知，人只要有欲望，就会有那种恶。

　　《西夏咒》里的恶人，比如谝子、宽三，有可能是我战胜了的"恶雪漠"；琼和久爷爷等圣者，可能是我向往的"善雪漠"；《无死的金刚心》中求索的琼波浪觉，则可能是当下的雪漠。总而言之，书里的所有人都是我，我眼中的整个世界，也都是我自己。

在发现自己的过程中才会发现世界，然后在发现世界的过程中继续挖掘自己。

因此，社会也罢，世界也罢，仅仅是我历练心灵的道具。我从来不去仇视那些说我坏话的人，更不会报复他们。说实话，我的心里没有仇人，就算别人诋毁我，我也很少说他们的坏话。我觉得，他们就是另一个我。他们的恶，我心里也有，只是我没有给这种恶营造一个适宜生长的环境，因此它没能发芽、开花、结果而已，但这颗恶的种子依然存在——这也成了我修行的理由。所以，我在展示这些人物心中的邪恶时，也是在一层一层地剥开自己的心，希望自己能完全清除那潜伏在内心深处的恶因。对我来说，写作本身就是在修炼。同样道理，我所有的修炼，也都是在写作，它们与我的心是一体的——在面对整个世界的时候，我都是这样。

有些人跟我不一样的地方在于，他们觉得自己非常完美，哪怕真的有不完美的地方，他们也不愿意承认，或者根本看不到。他们总是觉得，一切都是世界的不足或者他人的问题，好像什么都跟自己关系不大。因此，他们的心灵也就失去了最重要的功能：忏悔和反省。这样，是很难进步的。

实际上，在发现自己的过程中才会发现世界，然后在发现世界的过程中继续挖掘自己。如果人们能在观照世界的同时观照自己的心灵，而不是把两者分开，他就会变得非常博大，拥有一颗镜子般的心，能清晰地映照出整个世界，却没有失去本身的主体性。在这种智慧的观照下，他还会发现，生命中的诸多场景，其实也是自己心灵的反映。

我有个学生很有意思，她每次想给我送某本书的时候，都以为我有了，就没送，结果每次都发现原来我没有。之所以她会有这样的"我以为"，是因为她用自己知道的一些东西，包括她的知识、经验、逻辑等等，去衡量和猜测许多她不知道的东西，然后给自己造成了一种障碍。

同样，当你用过去的诸多习惯给自己造成的心理惯性，来衡量自己证得的智慧时，也可能会有所知障。有的学者很精通佛理，他的所知障也可能很深。为什么呢？因为他很可能会执著于理论和知识，反而远离了质朴、简单的真理。什么是所知障？所有"我以为怎么样，结果却怎么样"的事情，都是所知障在作祟。

比如说，好多人一看到六祖说"本来无一物，何处惹尘埃"，就以为"空"是空空荡荡，什么都没有，因此把佛教看成一种虚无主义、一种消极的哲学。其实佛教并不是这样，空性也罢，大手印也罢，都不是这样。但是，不光学者，连好多修行人自己也搞不清楚这一点，一旦进入无念状态，就以为自己明心见性了。道家中谈到的鬼仙、地仙、人仙、神仙、天仙等中间，有个鬼仙，就是"形如槁木，心如死灰，神识内守，一志不散，定中以出阴神，乃精灵之鬼，非纯阳之仙"。这是道家的说法，但用它来形容一些和尚，却是非常贴切的。因为，很多和尚如果像现在这样修下去的话，只会修成精灵之鬼，绝不可能修成纯阳之仙，就是说，他们绝不可能开悟，更谈不上解脱。因为他们修的是枯禅，是死禅。

所以，每个人都是这样。假如你用自己的"我以为"来面对这个世界，就很难真正地见到万事万物的真相。因为，很多你本以为的东西，其实并不是那么一回事。

为什么真诚那么重要？

一些人总说，我喜欢拒绝别人。或许真的如此，但被我拒绝者，都是一些不愿用真心与我交往的人。

我与人交往时，从不看对方是什么身份，有多大的影响力，也不管对方能带给我什么好处与方便。我唯一的原则，就是真诚。很多朋友劝我，这个时代很讲人情、关系，不搞关系会很吃亏，但我好像也没吃什么亏。我的朋友三教九流，什么人都有，有唱贤孝的瞎子、乞丐，有农民，有官员，有小职员，也有各行各业的精英。总之，愿意用一颗真心跟我交往者，就可以成为我的朋友。不过，我的朋友中，还是以农民为多。我用真心对他们，他们也愿意用真心待我。其中的一些人，甚至愿意把心都掏给我。为什么呢？就是因为我的真诚。

所以我觉得，人跟人交往，需要的，仅仅是真诚。你希望别人如何对你，自己就先要那样对待别人。不管有什么借口，都不要坑别人，不要骗别人，更不要利用别人。那么，就算不能成为朋友，也必定能赢得别人的尊重。

我也总是告诉学生，生命易逝，人生无常，世间最值得珍惜的，就是真情。没必要察言观色讨好别人，也不需要刻意经营人际关系。就算得罪人，引起误解，甚至受到伤害，也没关系。不管怎么样，世界都在哗哗变化着。无论多大的事，还是多小的事，都会很快过去。计较也没啥意义。唯一有意义的，就是当下的快乐、明白、真诚。我从不花时间解释些什么，也懒得去管什么人"伤害"过我。我总是忘记那些"伤害"，也总是觉得自己没有受过什么伤害。

当然，我这种爱说真话、不爱说场面话的个性，让我从小到大没少挨骂。读书时，我挨老师骂；上班时，我挨领导骂；在家时，我挨老婆骂。教训很多，但我一直"死不改悔"，于是就成了今天的雪漠。

不可否认的是，一些人难免因此觉得我缺乏大度，不懂包容。我也很难处理好人际关系，让大家都喜欢我。不过我觉得，作家的使命并不是讨读者的喜欢，逗读者开心，而是贡献好的作品。因为小说的表达有一定局限，我还会抓住任何一个说真话的机会，把自己的思想和感悟告诉读者，用一颗真心与读者交流。不管收获什么，我都不在乎。

不理解的作家，总以为我很狂妄。其实我不狂妄，只是心里想什么，嘴上就说什么而已。很多人表面看来很谦虚，说自己这不行，那不行，但内心对别人的成功又不以为然，甚至非常挑剔。他们嘴里说"佩服佩服"，心里却说："他有什么了不起？不就是如何如何吗？"这种人，不看别人的长处，不向别人学习，该谦虚时自负、狂妄，该自信时怯懦、退缩。这种心态上的错位，导致了很多失败，但好多人自己根本不知道。

所以，想要进步、成长、成功，首先要做到的不是别的，而是真诚地面对自己，真诚地对待别人，不要自欺欺人。

生命易逝，人生无常，世间最值得珍惜的，就是真情。

谈到利众，着眼点总是会忽略自身，其实利众不是离开自己去教育别人，而是做好自己该做的事情，让自己的行为本身对他人形成影响。

比如我强调自己的快乐，是希望别人能从我的经历与过程中得到一点启发，最后受益的是他，不是我，这也是一种利众。如果自己行为上很卑鄙，却教育别人学雷锋，就不是在利众，而是在骗人。

所以，我仅仅是个标本。我不是在教育世界，我只是在展示自己。我只是想告诉人们，我是这样做事的。对你要是有启发了，很好。没有启发，也不要紧。所以，你认为雪漠是对还是错，对于我来说，都不要紧的。

你想想看，一个农民的孩子，什么都不懂，最后通过一系列的心灵修炼，写了几十本书。别人觉得好不好无所谓，我不在乎别人怎么看我，反正我自己觉得很好。我自己觉得很好，就去写；如果我觉得不好，就不会去写，谁逼着我写也没用。如果我这么做，而且还成功了，别人就会发现："咦？雪漠这小子居然成功了？那我要向他学习，我也要成功。"什么意思呢？就是说，好多一无所有的农民孩子要是参考我的经历，也去磨炼自己，不断成长，有一天他可能也会成为一个很好的作家，至少成为一个能自主心灵的人，进而摆脱一种非常庸碌的生活方式。这就是我对世界最大的贡献。

海伦·凯勒最大的利众，就是成为海伦·凯勒；托尔斯泰最大的利众，就是成为托尔斯泰；甘地最大的利众，就是成为甘地。大树最大的利众就是不断长大，给世界提供更大的力量；大海最大的利众就是变成大海，能够包容更多的小溪。并不是说大海想要利众，就必须跑到沙漠中去，把沙漠变成绿洲，甚至把沙漠也变成大海，不是这样的。真正的利众，不应该是空想，不应该是口号，也不应该是不切实际的愿望。所以，我只想把自己变得更好一点，别人要是觉得这让他快乐了，那当然很好；如果别人觉得这让他不快乐，那也无所谓。

一个人只要做好自己，就肯定能影响别人，这时候他就是在利众。如果一个人明明自己不会游泳，却要跳到大海里去救人，结果自己反倒被淹死了，这就不是在利众，而是一种鲁莽。人首先要救自己，才谈得上别的东西。要是你自己都不快乐，又怎么能让身边的人非常健康、非常快乐地活着？

你是否开启了你的人生？

人类的许多行为，源于对无常和未知的恐惧。但那无常和未知，真的这么可怕吗？

我看未必。这一刻天晴，下一刻可能会下起倾盆大雨，但在屋檐下躲雨的你，有可能会遇到令自己倾心的女孩，谁知道呢？不管你恐惧与否，面对还是回避，未知都是存在的，无常都是如影随形的。即便你不愿意改变原有的生活轨迹，生活仍不会一成不变地迎合你的计划。

因为，你的想法也罢，外在条件也罢，都在不断变化着。在外缘和内因的作用下，改变随时

我们能把握的，

只是一个个当下。做

好自己当下该做的事，

别去理什么未知。

会产生。有的女孩对刚刚认识的男孩动了心，跟交往多年的男友分了手；有的夫妻正准备生小孩，丈夫却突然死了。谁也说不准下一秒会发生什么事，谁也说不准自己明天还在不在人世，世上哪有永远的稳定？更没有真正的一成不变。所以说，我们能把握的，只是一个个当下。做好自己当下该做的事，别去理什么未知。

一天，我忽然有了一个打算。我想和陈亦新他们从岭南开车到西部。我们想横穿大半个中国，从广东，到达凉州。我们会一路朝拜那些圣地，参访寺院，考察沿途的民风民俗。我们当然不急着赶路，在一个地方多住几天，游游寺院，写写文章，拍拍照片，会会朋友。我们想从容地走上几个月，这样，我们就能写出一本很好的书。我谈这一打算时，心印法师很羡慕，她很想参加，但她的身体已不允许她长途旅行了。当时有人说，要是五年前雪漠老师有这个打算，她就能跟你们一起走了。我笑着说：不一定。那时，她仍然放不下手头的工作。那时，心印正当着一家杂志的主编。她可以飞来飞去，但多的是一份忙碌，少的是一份从容。等她真的能放下时，身体却成了最大的拖累。幸运的是，心印凭借信仰而升华了自己。那病痛，在她眼中，成了她独有的调心良机。

去年，我们的想法变成了现实，我们开车，走了两个多月，考察了很多地方，写了《从岭南到西部》《牧神的子孙》《匈奴的子孙》三本书，还得到了大量的视频和照片。我更是拥有了大海一样的写作素材。

我们打算，以后每年都花几个月，这样走一次。

许多时候，当我们能够从容地做自己想做的事时，物累总是会变成系在鸟羽上的黄金。我们有许多借口，来阻挡自己前行的脚步。很多时候，等我们真的想做事时，却已经无能为力了。这也就是我为什么支持陈亦新不去当公务员，而要去实现梦想的原因。每个人的生命只有一次。人生是无法重来的，对于真正的人来说，没有什么会比梦想重要。

也许，看到这里，你会庆幸自己还活着，还能自主自己的生活，还有机会改写未来的人生。但问题在于，你是否仅仅是把想要改写命运的想法停留在"想"的阶段？你能否用实际行动去开启你全新的人生？

寻 / 梦 / 之 / 旅

人生的旅途上，你走哪条路？

常有人问，为什么人生来要经受很多痛苦？

其实，这些痛苦都是盲目选择造成的。就像一场旅行，假如你很想去一个地方，到达后，就会觉得满足、快乐，路上的一切挫折，都会变成温馨的回忆；如果你随便选了个地方，到达后，就会觉得东西不好吃，住宿条件很差，就连当地人说话声音太大，也会让你烦躁不安。

而人生就像旅途，想好去哪儿，我们就会朝那方向前进。所以要想找到旅途的意义，要想活得快乐、满足、安宁，就要做出正确的抉择。人容易有从众的心理，但大家都喜欢、都觉得合理的那条路，不一定就适合你。因此，你不要管别人怎么选择，不要管世界流行什么，不要管别人是否认可自己，也不要管最后会怎么样。你只管走适合你，你也想走的那条路，就够了。然后，在每一个当下，你都要知道自己在做什么，为什么这么做，那么你就知道该怎么取舍了。因此我老说，在这个世界上，你想成为什么样的人，就能成为什么样的人。

我打个比方，一只武威的乌龟想爬到北京去，这看来很不可思议，但不一定不可实现。只要那乌龟知道方向，能一直坚持，也有足够长的生命时间，它的梦想就肯定能实现。至少，它会离北京越来越近。一些人或许会嘲笑它、讽刺它，却总有一些人会尊重它，甚至敬佩它。因为，它在追求一种别人不敢追求的东西。不管它的追求能否实现，这种行为本身就具有一种独特的价值。

所以，不要把梦想当成一个梦，也不要觉得它有多么遥远。人与梦想之间，其实只有一张纸的距离。捅破它，你就能实现梦想；捅不破它，你就实现不了梦想——这张纸，就是坚持。成功者与失败者的区别也在这里。

当你成功后回顾过去，就会发现，走路的过程，远比成功的结果更重要。因为，有了这个过程，你的人生才变得充实，你的生命才能焕发出不一样的光彩，你的心灵才有了一种不一样的感悟。而成功与否并没有那么重要，重要的是，你有没有付出努力？能不能坚持？我所有的成长，所有的成就，都源于我的坚持。有了坚持，就有了《大漠祭》《猎原》《白虎关》，有了《野狐岭》《西夏咒》《西夏的苍狼》《无死的金刚心》，有了"雪漠心学"。不能坚持，我就是一个普普通通的乡村教师，或者教委干部。虽然那也很好，但它无法让我实现一种独特的价值。

我一直想告诉那些爱好文学的孩子：不要盲目否定自己，不要失去自己。要给自己设定一个大的目标，然后在人生中探索，在学习中审视，在经历中吸收，不断成长。到了最后，你就会成功。即使成不了一个多么出名的作家，你也会成为更好的自己，实现你最独特的价值。实现自己不一定有多难，有时它需要的，仅仅是多一点珍惜，多一点清醒，多一点坚持。

实现自己不一定有多难，有时它需要的，仅仅是多一点珍惜，多一点清醒，多一点坚持。

命运是你『不得不』走的那条路

很多人都谈到命运，他们问我，什么是命运？决定命运的因素是什么？

我回答说，命运就是你不一定想走，但不得不走的那路。比如，当写作找不到意义时，我就想放弃文学，去修行、出家，但这时，文学又会把我"刷"地扯回来。文学象征我的世俗生活，宗教象征我向往的精神信仰，它们经常纠斗不休。有时，我竭力想放弃文学，但冥冥中，总有一种力量让我放不下，始终牵挂着它。这就是我的命运。

不过，我从不相信上天能决定人的命运，我

一直觉得，命运要靠自己把握。我认为，命运之说，只对那些屈从它、迷信它的人起作用。因为，那些人听天由命，不能自主心灵。那么，为啥我说"命运是你不得不走的那条路"呢？因为，命运中的一切，都跟人的心灵和选择有关。当你选择了某个东西时，就必须承担它带来的一切，这就是你不得不走的那条路。但接下来要走哪条路，仍是你的选择，你还是可以改变它。你的心一变，观念一变，追求一变，过去的选择就被冲垮了，你面前就会出现一个新的指引，你的人生也会出现新的轨迹。那么，你的命就变了。因此我总说，心一变，路就变了；心一明，路就开了。

而一些人之所以不能改变命运，不能在生活中体验到一种圆满，主要是因为他们不明白、不坚定、不能自主心灵、不能超越欲望。即使他们选择向上，一受到诱惑，也会马上动摇。比如：他很想发财，一有经商的机会，就会忙着经商挣钱，那他就是商人的命；他很想当官，选择当公务员，那他就是从政的命。牵着他走的，其实不是命运，是他的欲望。如果他有一颗小人、恶人的心，尽做些鸡鸣狗盗的事，他就不可能有君子、好人的命。就算冥冥中有某种强大的力量也罢，无形的力量也罢，最终决定人生之路的，还是他的选择，决定他选择的，还是他的心。所以，归根究底，还是他的心在起作用。

心灵有一种力量，它能营造一种生存发展的氛围和环境。

这不是什么神神道道、故弄玄虚的说法，而是一种客观事实。就像当我把心中某种力量融进写作时，作品就会产生一种强大的感染力，读者就会被这种心灵力量感动；被感动了的读者，又会以不同的方式，支持我做更大的事，给我创造更多的机会；这些机会，就会让我的人生之路更顺畅。

这就是我说的，重要的不是你有什么命，是你以什么样的心做事。因此，只要你明白自己这辈子该做什么，心里也认准了这件事，这条路就不会变。这时，谁跟你一起走，有没有人跟你一起走，都不要紧。因为，变的是别人，不是你。如果说人生有不确定因素，那就是你的心，心的改变，才会导致路的改变。

　　记得汶川地震发生前的几分钟，妻子正因一件小事和我闹别扭。这时，桌上的花盆动了起来。"地震！"我大叫一声，揪了妻子和儿子躲进卫生间。楼在摇动。儿子一脸恐怖。我们一家人紧紧地搂在一起。这时，刚才的一切不快早没了，只有那份相依为命的温暖。

　　那时，我们并不知道，千里外的汶川已天翻地覆了。

　　待得稍稍平静些，我告诉妻："这时你想想，你刚才闹的那些别扭多么滑稽。"在大楼摇晃的

一个人从生到死，是一片空白。那空白，是期待你用自己的行为来填充的。

时候，我们是想不到存折的，也想不到职称，想不到名气，想不到身外的一切。那个时候，身边能有个跟你拥抱的人，对你来说，就是最大的慰藉了。

我想，要是我能活下去，我会定期救助一些需要帮助的孤寡老人。以前我虽然也这样做，但存折上总是留有能叫我衣食无忧的数字。可在死亡逼近的时刻，那数字对我毫无意义了。我于是理解了西方的一个观念：在死后留有大量的财富，是一种耻辱。

我还想，要是我能活下去，我会做好多事，尽量做一些能够对他人和世界有益的事。因为那个时刻，我发现，要是我死去，我还是个相对平庸的人，对世界、对人类，我还没有贡献出更多的东西，还没有实现自己应该实现的人生价值。当面对死亡的时候，我才真正明白：人的价值便是自己做过的事。人的肉体可以在一场地震后消失，但人的善行承载的利众精神，却会传递下去，照亮一个个未来的灵魂。

我老对朋友说，一个人从生到死，是一片空白。那空白，是期待你用自己的行为来填充的。一个人的一生，就是"填空"的一生。换句话说，你的所有价值，便是你填充在你生命时空中的那些行为。当命运不曾将汶川地震那样的劫难降临到我们头上时，我们应该尽我们全部的心力，去填写自己的生命履历，以使自己在有限的生命中，建立更多的岁月毁不了的有益于人类的价值。人真正的活着，应该体现在社会意义上，而不仅仅是自然意义。

于是，我效法时钟上的刻度，准确地为自己安排了许多我非做不可的事，比如读书，比如修行，比如写作，比如救济那些孤寡的老人，或是帮助需要我帮助的人。汶川地震后的一年间，我出版了长篇小说《白虎关》等三本书，总字数超过一百万。从那以后至今，我出版了《西夏咒》《西夏的苍狼》《无死的金刚心》《野狐岭》《真心》《文心》《慧心》等二十多本书。

有人说，雪漠，你太勤奋了。我说，我不勤奋，我仅仅是没有忘记那地震带给我的对死亡的感悟而已。因为，我老在想，要是下一刻再地震的话，此刻我最该做的事是啥？

『预言』自己的命运

二十岁出头时，我参加省里的一个笔会，当时大家都在讨论：为什么甘肃文学不能走向全国？轮到我发言时，我说："因为雪漠出生得太晚了。"于是所有人都哈哈大笑，有人仿佛要把肚皮都笑破了。因为，那时我还没发表过作品，是个无名小卒。后来的事实证明，我的话，也不是没有道理。

二十一岁那年，我给文化馆馆长写了封信，信里说道："别看我现在不怎么样，二十五岁后，我一定会在甘肃出名；三十五岁后，我一定会扬名全国文坛。"当时，我实在苦得过不下去了，既没有书看，也没有老师，连吃饭都成问题了。文化馆的学习环境比学校好一些，所以我希望馆长能帮帮我，把我调进文化馆。但馆长没力量帮我，只给我寄了些稿纸，鼓励了我几句。后来他搬家时，适逢《大漠祭》获了许多全国大奖，他翻出那信，想起往事，遂对我说："你这家伙，十多年前，就能预见今天了。"

其实，我只是为自己设定了活着的意义。它一直指引着我，让我始终朝着一个方向前进，舍弃无关的一切。因此，我才总能"预知"自己的未来。我自知，也知他，故而相信自己一定能成功。我只是懂得选择与命运之间的关系。当初写《大漠祭》时，我一个人住在外面，与世隔绝，甚至不去买菜。老婆每天中午给我送饭，我一天只吃一顿饭。而且，那时我总是三点起床——四十岁后懒了些，五点起床，很少有例外——这样我每天的可用时间，总比别人多出好几个小时。除了处理一些必要事务，我尽量把时间用在修炼人格、修炼智慧、读书写作上面。因此，三十五岁前，我就完成了自己，并且拥有了一个优秀作家的素质。

有人觉得我很勤奋，但其实我不是勤奋，而是明白生命的珍贵，我只是每天做自己该做的事而已。人生的长度就这么一点，如果总在睡觉，就没时间训练自己、升华生命了。如果你还要处理琐事，剩下的时间，就更少了。最后你会发现，自己花了大量时间，去完成一些留不下去的事情，反而来不及干正事——比如修炼人格、实现梦想等等——了，这难道不是最大的得不偿失吗？

所以，别人梦寐以求的东西，对我来说不一定是诱惑，有时反而是负担。因此，我总能拒绝它们，一直坚持自己的方向。以是缘故，我的命运从没偏离过最初的方向，而且我一直在向上。于是，最后我兑现了自己当初的"预言"。

可见，从某种程度上来说，预言并不是多么神奇的事情，仅仅是对自心的把握。只要你能把握自己的心，始终朝着一个方向前进，又有足够的生命长度，就肯定能完成自己想要完成的事情。至于多快，或者多慢，就是另一回事了。

童年的梦想，是上帝的暗示

每个孩子在童年时，都有梦想。有人说，童年时代的梦想，是上帝给你的暗示。只要你守住这个梦想，上帝就会帮助你。问题在于，你是不是真的能守住这个梦想，一直都不动摇？

如果守不住梦想，你最终就会变成一个没有梦想的人。因为，总是丢弃梦想的人，最终也会被梦想丢弃。好多"长大了"的孩子，就放弃了自己的梦想，为生活、为工作、为房子、为老婆、为父母过上了一种非常庸碌的生活，每一天都活得非常疲惫，非常麻木，总是觉得人生毫无激情，自己活得毫无意义，唯一的办法，就是放纵欲望、挥霍、买醉，心灵陷入死灰般的空虚。他们唯有安慰自己：若干年后，等有了条件，我还能捡回自己的梦想。但是，在他们疲惫不堪地过了多年之后，猛地觉醒过来，回顾人生时，才发现青春早已飞逝，白发代替了青丝，往日充满激情的少年，已成了老翁。那个二十岁时已被丢弃的梦想，再也捡不回来了。

而当一个人没有了梦想，或者用某种实惠取代了梦想，他所有的活着，就是一天天老去，他的生命中不再有诗情，不再有向往，不再有任何让他活得更为精彩的理由。这是多么可怕的事。有个白龙马与毛驴子的故事：白龙马载着唐僧，朝着西天不停地走，不管遇到什么样的危险和困难，都没有放弃，最后它升华了自己，成为八部天龙；毛驴子跟白龙马一样，也一直在走路，但是它没有梦想，也没有追求，每天围着磨坊里的石磨不停地转圈，转啊转，转了一辈子，小毛驴转成了老毛驴，生命没有一点点升华，只是消耗了宝贵的生命。虽然去西天取经的白龙马比毛驴承受了更多的风险，但它用自己的坚守，换取了最终的成功。

人也是这样。追求梦想的过程中，我们不得不放弃许多跟梦想无关的东西，因此，追梦需要舍弃一些东西，需要具备敢于付出代价的勇气。只有具备这种勇气，并且为之行动，人生才会因升华而更加精彩。我见过好多人，在七八十岁回顾人生时，才发现自己白活了，失去了改变命运的所有机会，这是非常无奈的。

　　所以，在我们能追求梦想的时候，要把握住自己的梦想，好好地守住它。能否实现它，能否升华自己的生命价值，都不重要，重要的是，你能不能活得无悔。

追梦需要舍弃一些东西，需要具备敢于付出代价的勇气。

很多人问我这样一个问题：如果为了实现梦想，舍弃世俗的一些东西，就很可能吃不上饭，那该怎么办？

我告诉他们，人生有两种东西，一种是事业，一种是职业。事业是实现梦想的，职业是用来吃饭的。你可以在找到职业之后，仍然不要丢失梦想。这要求你要有一份警觉，时刻警惕外部环境对你的熏染和影响。有好多想在工作的同时追求梦想的人，要么非常忙碌，以至于没有了追求梦想的时间和精力，最终丢失了梦想；要么被环境同化，变得非常懒散，寻找借口，贪图享受，不思进取，终而丢了梦想。

一个人在追求梦想的过程中，往往要经历很多东西：清贫、寂寞、误解、耻笑、嘲弄、冷落、排斥、不被理解的孤独，等等。但是，如果你既想实现一辈子的梦想，又不肯放下一些东西，你就会活在欲望之中，活在别人的看法之中，非常忙碌、非常疲惫、毫无意义地度过一生，最后像苍蝇飞过虚空一样，毫无痕迹地死去。你甘心这样吗？所以，你在实现梦想的过程中，必须学会取舍——这也是西部文化带给我的一个非常重要的启迪——取，就是弄清楚自己这辈子最需要什么，最想守住什么；舍，就是在守住这个东西的同时，放弃跟它无关的一切。

其实，好多时候，表面上看来，你似乎舍弃了很多东西，但是当你实现了梦想的时候，就会发现，命运会把你舍弃的一切都加倍地给你，甚至加上无数倍地给你。为了实现梦想，我受尽了嘲笑，被人看成疯子、自大狂，曾经非常寂寞，也放弃了一些东西，但是我实现了自己的梦想。现在，我的乡亲们都非常认可我。那些放弃了梦想，被世俗所裹挟、所掌控的人呢？他们大多一事无成，其中的有些人还活得非常潦倒。

这是为什么呢？因为命运有一种规律，当你不求什么，不希望得到什么的时候，你就什么都得不到。当你有一些小梦想，并且为之努力的时候，命运就会给你一些跟这个小梦想有关的东西，让你实现你的小梦想；当你有大梦想，并且为之不懈奋斗的时候，命运就会给你一些跟这个大梦想有关的东西，让你实现你的大梦想。所以，有没有"做梦"的勇气，敢于做多大的梦，决定了你的人生能够达到怎样的高度。

同时，我想，每个人都应该问问自己：你是真的因为追求梦想而吃不上饭，还是满足不了一些生存以外的要求？人要学会取舍，要知道什么是可以舍的，什么又是应该坚守的。

在写《大漠祭》《猎原》《白虎关》的二十年里，我一边禅修，一边练笔，屡败屡写，仅手稿就有数百万字。而刚开始写《大漠祭》的时候，我没想到这个过程竟然会如此漫长。我只是在写的时候，才忽然发现自己想做的事情，原来是一个十分艰巨的工程。我明白，这是一种脱胎换骨般的历练，但是我始终没有放弃。

我自小就跟农民摸爬滚打在一起，经常参与他们的活动。我的父亲是个马车夫，他告诉了我好多故事，但就是在这样的生活基础上，我仍然跑遍了凉州，交了许多农民朋友。因为，没有那样的一个过程，你就很难进入老百姓的灵魂，如果你无法洗去心灵上的污垢，就贴近不了老百姓的心，你永远都会和老百姓隔着一层。

那时，我到他们那儿去，跟到自己的家里一样，他们没钱的时候会问我要钱，他们的孩子读不上书的时候，我也会帮助他们。我那时候经济条件不好，但很节俭，对自己甚至算得上小气，这样才能省下一些钱，帮助身边的人。这是从父母那里继承下来的一种家庭传统，但我也确实把这些农民当成朋友。正是因为这一点，他们都能把心掏给我，有的人甚至把一些秘不传人的东西都告诉了我。比如：《大漠祭》《猎原》里的那些打猎秘诀，好多猎人都不知道，但是一位老猎人却把那秘诀毫无保留地告诉了我；有些人把一生搜集的资料都无偿地、毫无保留地给了我。像《野狐岭》中的骆驼客的故事和生活细节，也是我以心换心得到的。这样，我才能从一个才踏上文坛的文学青年，渐渐在艺术上走向成熟。换句话说，那寂寞的二十年，是我苦苦修炼的过程。只有经过苦修，一只寻常的猴子才可能成为孙悟空。没有苦修，就没有顿悟；没有耕耘，就没有收获。

所以，你要牢牢记住自己追求什么，自己的梦想是什么，并且时刻保持一种警觉，观照自己心灵的状态，不要有一点点的自欺欺人，不要给自己任何借口。这样，你才能保持清醒，时刻知道自己在做什么，自己的行为将会导致什么样的结果，自己的选择将会给下一刻的人生带来什么，在这个过程中，你是在成长，还是在倒退。你应该明白，只有不断成长，一切才有实现的可能。如果你总是停留在想的层面，总是不肯踏出第一步，那么梦想就永远都会是一个实现不了的"梦"。这个成长的过程或许会很苦，但不经历这种苦，不超越这种苦，就不会有后来的甜，更不会有终极的宁静。

真正明白这一点、接受这一点的时候，好多人才会明白，一切所谓的客观困难，实际上只是自己给自己找到的一些退缩的理由。

梦想三步走

现在很多大学生都已经没有大的梦想了，绝大多数人都只想找到一份好工作，找到一个满意的伴侣，然后稳定、安全、富足地生活下去。并不是说这不好，只是感到遗憾。梦想的意义远非如此。那么怎么去追逐梦想呢？

用王国维做学问的前两重境界可以形容："昨夜西风凋碧树。独上高楼，望尽天涯路。"什么意思呢？就是说，你要站在一个非常高的地方，看得更远一些，在这个基础上做出你人生的选择。当你选准之后，就会进入王国维所说的第二个阶段："衣带渐宽终不悔，为伊消得人憔悴。"这时，你要不断地朝着你选择的方向前进。如果仅仅把梦想停留在"想"的阶段，而不实实在在地去做的话，梦想就永远只是一个梦。什么叫梦想？你不但想要做成一件事情，而且每天不断努力，不断地向前走，这才叫梦想。如果没有"走"的行为，你就只拥有幻想，而不是拥有梦想。

所以，当我们选择了一个梦想之后，紧接着要做的，就是"专注"。许多时候，决定一个人能不能成功的，就是智慧和专注力。你有多强的智慧和专注力，你的成就便有多大。因为，成功是恒久积累之后的突然"爆发"，它不是凭空出现的，不是说你用一块小小的铜板和一点点劳动就能换来的。也不是说，你付出一点儿劳动，就会收获一点儿成功，不是这样的。成功需要持之以恒的努力与坚持，需要长期的积累，之后才会产生瞬间的爆发。无论世俗意义上的成功，还是出世间意义上的成功，都是这样。你付出百分之一的努力，收获可能是零；你付出百分之十的努力，收获可能还是零；你付出百分之三十的努力，收获可能仍然是零；你付出百分之五十，甚至百分之九十的时候，结果可能还是那样。但是，当你付出百分之百的努力时，你收获的可能就是百分之一万，百分之十万，甚至百分之百万。假如你在没有爆发、没有完全成功的时候，就选择了放弃，那么你曾经付出的所有努力都很可能失去意义。

昨夜西风凋碧树。独上高楼，望尽天涯路。

要知道，当你追求梦想时，就要做好为了梦想放弃一切的心理准备。相应地，当你做好了一切准备，并且真能放下一切，为梦想付出百分之百的努力时，你的成功是任何人都阻挡不了的。问题在于，你是否能做出正确的选择？如果做出了错误的选择，结果就要另当别论。比如，如果你选择欲望，选择一些负面的东西作为你的梦想，那么你付出的越多，失去的也将会越多。

这就是说，我们每一个人在做出最初的选择、开始寻找梦想的时候，要有一种远大的目光，把自己投入历史的长河，放在世界的坐标系上，不要把自己设想为一粒不可能有所作为的棋子，不要妄自菲薄，要自强不息，那么你才可能成功。

坚守明天的路

　　我在一所大学里演讲时，一个农村里出来的孩子对我说，我作品中更多地透露出一种无奈。我告诉他，是的，今天你是走出来的一代，但你想想看，要是你没有走出来，待在家乡的话，那是多么无奈呀。你什么都不是，而仅仅是一个符号，仅仅是一个孩子。面对巨大的生存压力时，你是无可奈何的。即使你进了大学，等你毕业后，也可能还会发现自己是无可奈何的。这就是苍凉和无奈。

　　许多人在进入社会之前，都有着某种梦想和向往，可是一旦他们进入社会，被社会中一些非常功利的想法做法影响之后，就会失去原来那种非常美好的东西。功利的价值观有时会主宰他们的心灵，让他们像木偶一样，被某种游戏规则所操控，在欲望的驱使下不能自主，像蒲公英一样在命运的飓风中飘摇，找不到自己能够落脚的地方，也找不到行走的意义，甚至找不到自己。

当你无法调和个人的追求与巨大的社会压力时，结果可能会有两种：一是你被压垮了，最后被社会同化，再也找不到自己，世上大部分人都是这样；另一种人也明白这种无奈，但他不认命，而是选中一个目标，朝着那个目标不停地走，一步一步地走，总有一天，他就会走到自己向往的目的地。我就属于这另一种人。

我曾经用了二十多年的时间来抵御环境对我的同化，不使自己变成狼孩，不使自己变成一个浑浑噩噩的混世虫。我总是坚决抵御着周围环境中不好的东西对我的同化，不然，我就会找不到自己。正是因为这一点，我才能在命运的无奈当中，活出一份明白和快乐。

所以，一个人要想实现自己的价值，要想活得有意义，就必须坚持自己，必须坚守自己的向往，即便面对巨大的无奈和绝望，仍然要非常清醒地明白自己向往什么，明天的路要怎么走。然后在这种坚持之中，发出自己最美的声音，唱出自己最美的歌，这才是生命真正的力量，也是一个人真正的价值。

你的态度决定心灵的高度

人与人之间的区别，有时仅仅是对待选择的态度。

我举个例子，有的人在面对死亡时感受到的仅仅是恐惧，或者是巨大的悲伤，但他无法认识到死亡背后的意义。他也许能体会到无常之苦，但是无法从体会无常中得到一种放下的智慧，他仅仅是深深地陷入了这种痛苦当中。而有的人在面对死亡，感受到巨大的无常时，却产生了顿悟，放下了很多他以往放不下的东西，进入了一种完全不同的生命状态，在大痛中得到大安，在大死中得到大活，他

当你懂得做出正确的选择，学会汲取营养，拒绝糟粕和污染，那么你的人生必然要精彩得多。

起码会变得淡然和平静，他的执著会因此消失。他会发现世界上无不可爱之物，生活中也无不可爱之人。他的世界会出现一种异于平常的美，会变得分外细腻和让人感动。世界会向他敞开一扇门，这时他的心不"多愁"，但真正"善感"。世界会变成他的宝库。如果他在这个时候拿起了一支笔，把心里的许多觉受写出来的话，他的作品就会跟以往完全不同。

当你懂得做出正确的选择，学会汲取营养，拒绝糟粕和污染，那么你的人生必然要精彩得多。至于选择的标准，我在某次网络访谈中说过，分辨好书和毒药，就看它是让你清凉、明白、慈悲、快乐，还是增加了你的贪婪、愚昧、仇恨。在你分辨文化中的精华与糟粕时，也可以套用这个标准，其中的秘诀就是，你要在生命的每一分每一秒当中，非常清醒地观察自己的内心，不要在欲望的驱使下，以各种各样的借口来放纵和欺骗自己。

有的人明白这些道理，明知自己的行为会导致某种结果，却仍然不愿拒绝眼前的诱惑，来换取一种真正的快乐。这正是我们最可悲的地方，不是吗？我们总是连一点点痛苦都不想忍受，连一点点东西都不愿失去，但生活需要我们学会选择，需要我们做出取舍。我们不可能什么都能拥有。每个当下都是选择：你选择在这个时候吃饭，就不能在这个时候睡觉；你选择在这个时候学习，就不能在这个时候陪恋人逛街。就是这么简单。

所以能做出正确的选择，也是一种智慧的表现。

有人认为阿 Q 的精神胜利法是一种变相的心灵自由。他不知道两者最大的区别在于，后者是智慧，前者仅仅是无奈。

因为心灵自由的人会尊重别人，会从经历中不断汲取营养，不断成长，也会为别人着想，但是又不在乎别人怎么看他，也不在乎别人怎么对他，所以，你没法诱惑他，没法控制他，也没法改变他。心灵的自由，让他有了一种主动选择的力量，他永远都知道自己应该拒绝什么，应该接受什么，因此不会被一切事物所左右，永远都是自己的主人。但精神胜利法不是这样，它会告诉你：如果觉得失落，就制造另一种幻想，让自己好受一些。这跟佛教的主张刚好相反。

为什么呢？因为，精神胜利法是创造幻想，而佛教却主张窥破虚幻。佛教认为，一切都是因缘和合的，没有固定不变的本体，所以，没有永远不变的"真"，也没有永远不变的"假"。某人这时觉得你非常善良，如果你令他失去某种利益，他就会觉得你非常阴险，如果你帮了他一个忙，他又会觉得自己可能对你有所误解。人就是这样，人的心总是在变。此刻的"真"，很快就会变成下一刻的"假"，所以，世界上本无绝对的"真"，也无绝对的"假"。唯一的绝对真实是什么呢？是因缘和合。你做出某种选择，就创造了某种因缘，这种因缘碰上其他因缘的时候，就会出现某种结果。因此，任何现象都没有真正的意义，有意义的，仅仅是你当下的选择。

当然，一般意义上的自由也很好，正是因为有了一批为争取人类自由而努力的人，人类社会才会不断进步。不过，建立在外部世界——比如制度、法律、金钱、亲情、友情、爱情等等——基础上的自由，是有条件的，是因缘和合的，我们称之为"世间法"。世间法的特点是，一旦组成条件消失或变化，自由的状态就会改变。比如：一个人热恋时觉得自己充满力量，非常自由，也非常满足，可是他一旦失恋，就会变得非常痛苦，可见，爱情控制了他的心；一个人非常有钱的时候也很快乐，他觉得自己很成功，想做什么就做什么，想要什么就买什么，可是一旦破产，他就会非常痛苦，自由也消失了，可见，金钱控制了他的心。而心灵自由不同的地方，仅仅在于它做而不执著。就是说，你可以有正义的行为，但不要有仇恨的心，不要执著于结果，无论你选择什么样的行为，都要坦然地接受命运。

所以，我经常引用《道德经》里的一句话："为学日益，为道日损。损之又损，以至于无为。无为而无不为。"修行的目的不是增加，而是减少，当你减到再也没有什么好减，只剩下一颗平常心时，才叫证得了自由。

拥有人生的参照系让你更自由

▶▶

　　很小的时候，我就为自己设定了一个目标：要在有限的生命中，留下一些不会随着肉体消失的东西。于是，我就有了一个选择的参照系：不会随着肉体消失的东西，我便守住它；反之，我就毅然地放下它。借此，我总能轻易做出一些别人觉得艰难的决定。

　　有些人或许觉得这个理念过于简单，不像他们想象中的真理。这让真理有时也会穿上一件貌似"真理"的衣服。但真理其实是质朴的。不管你用什么语言去表达它，用什么形式去传递它，其核心，都是最简单的。它就像水晶，晶莹剔透，什么颜色也没有，但每个切面都能反映出光明。尤其在一些根本性的问题上，如果你能遵循那简单、质朴的真理，坚定地守住它，它就能影响你的一生。至少，你的人生必定会更充实，更自由，更少遗憾。

我说的自由，是一种无须任何依靠的自由。它来自心灵。只是，很多沉迷于物质的人，不一定这么想。他们从心底里认为，没有身体的自由，心灵的自由就是自欺欺人。雪漠心学认为，我们无法控制世界，无法控制别人，我们真正能控制的，只有自己。如果我们强求世界实现我们的愿望，就肯定会失望，因为世界的本质是善变的。例如，我们期望世界上的每个人都向更好的方向发展，但它不可能让所有人都心满意足。因为资源是有限的。那么，不能满足欲望的人怎么办？他们能得到自由吗？他们的快乐和自由，又到哪里去寻找？

在西部大地上，有很多处于弱势的百姓，他们脸上充满了淳朴的笑。这种笑，是发自内心的，不是装给人看的。你越是跟他们相处，就越会发现，他们是真的快乐。这种快乐朴素、简单、干净，没有一丝伪装，但又强大无比。因为，他们的精神世界很富足。有了满足的心灵，他们就是自由的。他们有足够的力量，去选择自己需要的，拒绝自己不需要的。这是一种质朴的智慧，它建立在追求高尚人格的基础上。

听过凉州贤孝的人都知道，它充满了苦难意识、人民立场

众生的苦难无论多么细微，都会令大悲者感同身受，但他们不会失去心灵的宁静。

和利众精神。通俗地说，它是一种"多情"的文化。不过，这里的"情"，不是男女间的情爱，而是一种大悲悯。众生的苦难无论多么细微，都会令大悲者感同身受，但他们不会失去心灵的宁静。他们会在放下的同时，尽心尽力地入世做事。

至于做事方式，每个人都可能有所不同。有的人会选择物质，有的人会选择精神，我觉得都很好。我自己，也会随缘地选择任何一种。而我只管提供助缘，不计回报，也不计结果，因此总是快乐无忧。如果你们也能做到这一点，就会像我一样，活得逍遥、自在、明白、快乐，同时也能实现你们活着的意义，创造一种能留下去的价值。

如何寻找最本真的自由？

匈牙利诗人裴多菲·山陀尔说过："生命诚可贵，爱情价更高。若为自由故，二者皆可抛。"为什么要抛弃呢？

因为，在西方文化中，自由是一种需要外部保证的东西。如果不能满足某种外部条件，西方人就会觉得不自由。因此，他们不惜抛弃一切制约自由的东西——包括生命、爱情等等——来追求一种建立在外物上的自由感。

但这种自由表面看来很高贵，却是被动的。因为，它永远建立在一种虚幻的基础上。大部分人只有赚到足够的钱，买了很好的楼房，还要有法律、制度、福利的保障，才能拥有这种自由。否则，他就不自由了。况且，拥有多少钱才叫"足够"？什么样的楼房才叫"很好"？我举个例子：对张三来说，每天能吃上一碗牛肉面就够了，房子里能放下一张床、一张书桌、一个衣柜，就很好了；对李四来说，买不起宝马就不够，没有自己的花园和泳池就不好。

所以，从物质的角度看，前者的自由远比后者的自由更容易实现。即使后者实现了他心目中的自由，也很快会发现，原来自己买不起更贵的车，住不起更豪华的别墅，在更有钱的人面前，还是直不起腰杆说话，那些跟他的利益息息相关的人，也能轻易让他陷入不安和猜疑，日子仍然过得紧张不堪。这当然不是自由。

那自由是什么？自由是天上的飞鸟，是掠过耳畔的清风，是滴水的声音，是母亲的爱抚，是毫无功利的笑容……自由是一种感觉。它是灵魂达到圆满、心灵足够充实、不觉得缺少什么时的满足、坦然、安详、宁静。很多人在追求外物时，其实在寻找这个东西，只是大家都忙着追求，忘了发现而已。

而当你不去追求物质和规则造作的自由，追求的是心灵的知足与坦然时，这颗心里，就有最本真的自由。不用依赖外部条件，也不用去心外寻找——佛教的"解脱"也罢，"涅槃"也罢，本质上就是这种自由。如果不明白这一点，你就会被命运的浪花裹挟，永远得不到自由，不能拥有你自己，也不能自主心灵与命运，不能成为人的本体。

心生执著，则无自由

有人认为，一个人必须获得世界的认可，才是成功的。比如拥有令人艳羡的生活方式，假如无法拥有，他们就觉得自己不成功。当然，现在的社会也不会觉得他们成功。但我不这么认为。

我觉得，人活在世界上，是为了完善自己的，跟世界没有关系。无论世界怎么对你，都跟你没有关系。你只要做好自己，苦也罢，乐也罢，善也罢，恶也罢，都一样，它们都像偶然落在你身上的雨水，迟早会蒸发干净。而对你自己来说，只要实现心灵的自由，实现自己的价值，守住道德底线，就会有圆满的人生。这时，不管你拥有得多，还是拥有得少，就都是成功的。即使外界不一定认可你，你也是成功的。因为，你拥有属于自己的心灵。

否则，如果一个人给你一万元，你便对他言听计从，你就成了他的奴隶，成了金钱的奴隶，因为他能随心所欲地控制你。同样道理，如果他剥夺了你的东西，你便觉得愤怒，处处与他作对，你仍然是他的奴隶，是愤怒的奴隶，仍然摆脱不了他的控制与影响。可你想想，世界这么广阔，值得关注的东西那么多，为啥偏要盯着自己某个瞬间的狂喜，或者失落呢？其实，就在你盯着它时，世界可能早已变了好几轮，沧海都成桑田了，你却停驻在某时某刻的某种情绪中，不知道一切都过去了。这样的你，又怎么能把握当下的快乐与幸福呢？

道理说来很简单，可惜很多人都做不到。所以一些人才说，没有人是不会被控制的。但当你旁观这个世界，就会发现，很多东西都像自娱自乐的游戏，没有本质上的意义。当你明白这一点，不想被所谓的"江湖"控制时，首先该做的，不是试图控制别人，而是超越欲望，斩断贪执的大网。只有这样，你才能从千丝万缕的缠缚中脱身，得到真正的自由和解脱。

因为，让我们不自由的，不是心外的世界，而是我们自己的执著。有执著，必无解脱，包括那些非常崇高、美好的执著，同样会让我们不能控制自己，让我们得不到自由。例如爱情、理想、家庭等等。我们不一定要放弃什么，但要明白，如果你觉得疲倦、无力，心里好像压了块大石头，说明你已经被某种执著控制了。

　　我的意思是说，大家想追求什么都可以，想选择什么样的生活方式都可以，不一定要迎合一些固有的方式。当然，你也不一定要选择我这样的生活方式。重要的是，你在做出选择前，应该叩问自己的灵魂，并且脚踏实地地寻找答案。当你找到自己的独特价值与意义，并为之付出努力时，你的人生就定然会变得充实、圆满、快乐、自由。

让我们不自由
的，不是心外的世界，
而是我们自己的执著。

追求自由者，不是抛弃现有的生活

　　不少人谈到追求心灵上的自由就会退缩，是因为他们认为追求心灵自由，就要放弃世俗的生活，放弃身体的自由，甚至在个人权益遭到侵害时，也要忍气吞声，无条件让步。其实不是这样的。

　　雪漠心学没有任何教条，它不会要求你放弃什么，或选择什么。它只会用一种善美的信息熏染你的心，让你远离欲望的污染，远离各种理论的干扰，远离流行规则的同化和控制，远离自欺欺人的借口，远离表象和概念的迷惑，变得自主。因此，你无法从雪漠心学中，找到一套清晰的规范和准则。它需要的是你每时每刻观照心灵，发现自己的执著，然后不断调整心灵的状态，从而调整自己的行为与选择。换句话说，有多少心病，才有多少"戒"。并不是用同一种模式，来套不同的人。雪漠心学不会让你陷入，因为它追求的是超越。

超越不是离开或脱离什么东西，而是你真正看破、真正明白时，产生的一种智慧。在观照物质世界和精神世界时，你会发现，虽然物质世界很精彩，但它没有你想要的答案。如果你向外寻找自由、快乐与幸福，就总是会失望。因为，物质世界是无常的，观点、念头、情绪、欲望等等，都是无常的。除了一颗明明朗朗、湛然空寂的真心，什么都在不断变化。但这心中，便藏着一切答案。于是，你向内寻找，扫去所有掩蔽真心的东西，让真心发出本有的光明，照亮你所有的迷惑。

而当你解开一切迷惑时，就会明白，世界虽然不能让你快乐、自由、幸福，但也不会逼你堕落、放纵、不快乐。相反，这个时代有很多好东西，可能是中国历史——甚至世界历史——上根本找不到的。比如，现在有很多图书馆、书店、大学等机构，都在办公益讲座，以前的人们根本得不到这些机会。而且大家可能不知道，我到国外参加文学活动时，发现国外有很多人特别羡慕中国作家，因为中国作家享受了很多他们享受不到的福利。所以，有些人的一些说法，只是在为自己寻找理由，让自己能理直气壮地放纵欲望，堕落下去。

　　要明白，虽然这个时代有很多毛病，但我们仍然可以——也应该——有自己的选择。一旦你升华自己，改善自己，变成一个能够自主的人，你就能在一定程度上掌控命运，活出一段更幸福、更自由、更有价值的人生。

　　我相信，世界上不会有任何一个人不向往这种境界。问题是，你愿意放下欲望，去追求自由吗？追求自由者，不一定要抛弃现有的生活，但一定要斩断懒惰放逸，脚踏实地地实践，并且时刻自省、时刻警觉。

现在很多人都在畅谈自由，追求自由，可对他们来说，追求自由就是追求金钱、名利、地位和安逸的生活。很多人都觉得，这样的生活就是自由的，它比心灵的自由更实惠，而且看得见，摸得着。

比如：有了钱，他们就能坐飞机到巴黎的广场上喂鸽子，到意大利吃早餐，在爱琴海边散步；有了钱，他们就能买下任何一件衣服，再也不用看价钱牌，不用忍受服务员的白眼；有了钱，他们就能忽而飞到印度，忽而飞到欧洲，甚至买下

心外的自由实际上是一种满足欲望的能力，真正的自由刚好相反，它是一种拒绝欲望的能力。

城堡或飞机……对一些人来说，确实如此。但你想想看，当一个人面对死亡和绝症时，物质能换来平静与安详吗？当一个人痛失所爱时，物质能换来爱与幸福吗？当一个人麻木空虚时，物质能换来满足与坚定吗？通过物质实现的快乐，就像海市蜃楼，它们很快奏效，但也很快失效。因为，影响这种快乐的因素，实在太多。几乎在欲望得到满足的同时，你就会马上变得失落。

可如果心灵是满足的，精神是愉悦的，你就不会在乎自己能否去巴黎喂鸽子，能否去爱琴海边散步。你会发现，自家阳台上的日出也很美，在公园的林荫小道上散步也很快乐，不是吗？如果你需要逃离，就说明你不快乐。即使你有随时逃离的能力，也迟早要回到令你不快的氛围中去。而且，为了维持这种能力，你必须在那种氛围里越陷越深，否则，就会被抛出金钱和利益的游戏。不是吗？你难道没有发现，某种固有逻辑，其实根本就无法自圆其说吗？

而真正的自由，首先是心灵的明白、自主，这跟世界没有必然关系，也不用满足任何条件。有物质保障固然很好，没有也无所谓。因为，心外的自由实际上是一种满足欲望的能力，真正的自由刚好相反，它是一种拒绝欲望的能力。古人说"壁立千仞，无欲则刚"，这是对的。真正的王者不是富可敌国的人，也不是掌握生杀大权的人，而是自心的主人，是不会被任何东西动摇、影响和控制的人，是打破了一切心灵束缚的人。他可能是国王，可能是演员，可能是作家，可能是清洁工，也可能是乞丐，无论有没有钱，有什么身份，能不能得到尊重和认可，他都是安详、快乐、自由的。这样的人，才是真正意义上的"贵族"。

那么，怎样才能做到这一点呢？需要的是唤醒本有的智慧，让自己的心灵像太阳一样发光，你就能拒绝欲望，实现真正的独立与自主，不受外界诱惑，也不受自身欲望的支配。这时，你就实现了无条件的心灵自由。你可以微笑着对世界说："世界，我不迎合你。"无论世界如何变化，你的心都像明镜一样如如不动，不会失去主宰自己的能力。

这时的你，才是自由的。

现在，追求自由的人很多，认为自己不自由的人也很多。但大部分人都将自己的不自由，归结于外界的侵略和挤压。可事实上，真的是因为外界吗？

有人或许会说父母的要求、社会的要求、老板的要求等等，这些不都是外界吗？外界确实会有各种期待，但你选择迎合，还是拒绝？有的人总在迎合，总在满足别人的期待，日久天长，他们就会觉得很累。而让他们产生这种感觉的，其实不是任何事，也不是任何人，而是他们自己的心。

因为，外界想要挤压你也罢，不想挤压你也罢，都是外界的事，跟你有什么关系？假如你拥有自己的心灵，就选择自己需要的东西，坚持自己的方向，何必理会外界怎么对你？而且，好多东西不是你想改变就能改变的，也不是你想控制就能控制的。

过去，我的生活一直很清贫。曾经有一段时间，我连吃饭都成问题。那时，我们一家人睡在我的办公室里，没有自己的房子，连宿舍都没有。我把所有余钱用来买书，没法给老婆孩子买任何礼物。但即使在这种情况下，我仍然拒绝了轻易赚钱的机会。因为，我知道自己这辈子不是为了赚钱来的。与其把精力和时间放在赚钱上面，不如过得简单一点，做好自己该做的事。当时，很多关心我的人，都觉得我很傻。然而，如果没有那时的"犯傻"，就没有我今天的成功。我有很多精明的朋友确实赚到了一些钱，可他们都很羡慕我。因为，我不但活得很自在，还写了好几本有价值的书。所以，不要老盯着挫折、烦恼、失败，要安住当下，做好眼前的事情——首先，就要超越当下的概念与欲望，自主地选择自己该走的路。

要知道，自由是在自主中产生的。就算你很强大，能与世界对抗，也总会被更强大的力量打败。就像泰坦尼克号虽然那么庞大，能载着那么多人在大海上航行，无疑是一位"海上巨人"，但它仍然被大海吞噬了。相反，体积和力量远小于泰坦尼克号的水沫，却不一定会被大海淹没。因为，它既是自己，又是大海，它没有需要畏惧的对象，也没有需要对抗的仇敌。

自由就是这样，它是一滴水融入大海，而不是成为巨轮。也只有如此，才是真正的无畏、无敌和自由。

不同的心，不同的世界

我曾说，你心中的世界，只是世界在你心中的反映，不是世界本身。如果离开你的心，世界对你来说，就没有任何意义。

什么意思呢？就是说，无论某个风景多么美丽，只要你没见过它，就不会被它感动；无论老公对你有多好，你看不到也听不到，对你来说，他的好就不存在。又比如，你老公对你的看法，可能跟别人不太一样。谁的观点才对，或者说你究竟怎么样，可能连你自己也说不清。因为，你随时都在变化着。有时你讨厌自己，有时你喜欢自己，有时你觉得自己很无耻，有时又觉得自己很可爱。很多时候，不一定是我们不了解自己，而是我们变得太快。这个不断变化的心，就是妄心。

这个理念的核心，就是"心"。这个心，不是心脏的心，它是一种智慧的本体和智慧的觉醒。心要是不能觉醒，人就没有价值。许多混混就是因为没有觉醒，才会被世界上的诸多流行概念迷惑，跟着世界东奔西跑，疲于奔命，到头来一事无成。过去，有个文友的水平跟我差不多。有一次，他问我："雪漠，你帮我算算，看我能不能当作家。"我便不假思索地说："不能。"他问为什么，我回答说："你连自己能不能当作家都搞不清，怎么可能当得了作家？一个能当作家的人，是从来不会怀疑自己的。我想让自己是个啥，就肯定是个啥。"果然，直到今天他还没有成为作家。

还有一些人口头上很谦虚，姿态放得很低，其实心里总是看不起别人，觉得别人不如自己，一旦做起事来，又会轻易胆怯、退缩、拿不定主意。这不是真正的自信。不自信的人，经常给自己一种消极的心理暗示，他习惯从外部、客观因素上找借口，其实是在掩盖内心深处的软弱和退缩。这时，他潜意识里已经放弃了各种尝试、探索和努力。因此，最后他必然失败。

其实，世界上没有真正的困难，所谓的困难，不是自己放弃了，就是成功来得稍微晚了一点。只要你不怕失去啥，也不期望得到啥，不急功近利，就没什么困难，也无所谓自信不自信。这时，你就有了真正的自信，也达到了"人到无求品自高"和"无欲则刚"的境界。对于真正做到无求的人来说，是没有困难的。他经历的一切，都是生命中非常重要的营养。当你用这种心态面对世界时，就谈不上坚持或不坚持，更不会坚持不下去。这就是你的自信。

而人类的潜力、创造力是难以估量的，一旦他有了大理想，坚信自己一定能达到目标，就会调动所有的主观能动性和积极性，坚持不懈地做一件事情。那么，他就足以成功。而信心就是一切成功之母。所以，只要你自己不倒，就谁也打不倒你，往前走即可。我今天实现的不是别的，仅仅是二十年前我想成为的雪漠。

2009 年，受上海交通大学的邀请，我做了一次演讲，曾对听讲的同学们说："我在这里演讲，不是为了赚什么讲课费。我讲，是因为我心中有爱，爱你们这些孩子。我希望你们变得大气一点，高尚一点。我希望我能带来善的东西。我的行为要对得起我自己……"

是的，不管是演讲也好，还是写作也罢，我都是为自己的心灵。它们仅仅是我灵魂流淌的不同形式而已。我眼中，世间万物都是滋养我心灵的营养，整个世界都是我用以调心的道具。

　　而这"用"分为功利之用与滋养之用，它们有本质的区别。功利之用是小功利、小用，小功利仅仅是利己，以实用为主。当一个人陷入小功利之中时，是很难用博大的胸怀去汲取一些不一定马上见效、但对其人格人生有大滋养的文化养分的。利己的功利心只能越走越小，越走越窄，最终人甚至会受制于它。滋养之用是一种大功利：利他，利众。这功利，会让人越走越大，路越走越宽。利他和利己，出发点不同，其结果也就不一样。

　　有人曾问我：当理想和现实发生冲突的时候，你该怎么处理？我说，如果你想当一个作家，那么，你生命中所经历的一切，包括磨难，都是多么好的人生体验啊！它们怎么能冲突啊？什么叫冲突？所谓冲突，就是你内心的贪婪、欲望、仇恨，与你想当一位好作家这个目标之间的矛盾。当你用贪婪、欲望、仇恨的心灵和眼光面对这个世界的时候，怎么不会发生冲突呢？你如果有大海那样的胸怀，那些生活的变化就会像一朵朵跃起的浪花一样。你能说，浪花与大海会有冲突吗？

　　所以，这个世界所有的东西都是营养，而不是枷锁，更不是什么障碍、困难、阻力等消极的东西。当你有私欲而得不到满足时，就会产生痛苦；没有私欲时，世上的一切都会向你微笑。人的一生，会不可避免地受到恶的熏染，但你不必因此而自暴自弃。你只要自省向上，终究会战胜贪欲的。我也曾为贪欲所困，但我最终降伏了贪欲；我也曾为嗔恨所裹，但我终于将嗔

世间万物都是滋养我心灵的营养，整个世界都是我用以调心的道具。

恨踩在脚下；我也曾经干过许多傻事，但我终于懂得羞愧自省，并勇于改过。我是一个充满缺点的人，所以，我的修心，就是从拒绝诱惑开始的。这是我最基本的处世前提。现在，我仍然有好多毛病，仍然有许多习气，我仍在时时警醒，并努力净化心灵。在我眼中，真正的英雄并不是战胜世界的人，而是降伏自心的人。

傅雷在他翻译的《约翰·克利斯朵夫》的扉页上题记道："真正的光明决不是永没有黑暗的时间，只是永不被黑暗所掩蔽罢了。真正的英雄决不是没有卑下的情操，只是永不被卑下的情操所屈服罢了。所以在你要战胜外来的敌人之前，先得战胜你内在的敌人……"

当我们谈到超越，很多人就会认为是些神神道道的东西，其实不是，只要你的想象力和精神追求脱离生存层面，上升到更高境界，你就实现了超越。

而在实现超越者眼中，所有生物都是平等的，就连苍蝇、蚊子都有生存的权利。同样道理，所有生物都有实现超越的可能性。那么，实现超越者追求什么呢？它追求当下：不要管过去，过去的已经过去了，管也没有意义；不要管未来，未来的还没到来，它建立在无数个当下的基础上。

所以，要放下过去，放下未来，只管安住于当下。什么是当下？拍巴掌"啪"的这个瞬间就是当下。要是每个人都能抓住生命的每一个当下，把所有生命都用来抓住当下，不被世界上的花花绿绿所诱惑，就能实现人的主体性，就能实现真正的超越，就能得到真正的清凉。

那为什么很多人都做不到这一点呢？因为，他们既放不下过去，又牵挂未来。

比如，股票昨天上涨时，你没抛掉它，结果今天它就跌了。于是你心里充满了后悔，反复质问自己：为啥昨天不抛掉它？你曾经有个当官的机会，但你没能把握，结果那个机会就过去了。于是你后悔了一辈子，反复思考着：当时为啥就不懂得抓住机会呢？

在日常生活中，这样的例子还有很多，有些人每分每秒都在后悔。令他们后悔的事情，实际上早就过去了。如果你执著它们，它们就会像无数石块一样，压在你的心上，压在你的灵魂上，让你得不到自由。换句话说，执著于过去，执著于一些无法改变的事情，人就会生起无穷无尽的烦恼。境遇也罢、经历也罢，都没有本质上的意义。它们只是一点记忆，很快就会过去。不要祈求它们快点过去，也不要期望自己能留住它们。它们就像流水一样，无法被任何人握在手里。

明白这一点后，你就要看看你的心属不属于自己，能不能坚持自己的选择，有没有什么不甘心，会不会感到无力、无助、想放弃。只要你有一颗观照的心，经历和境遇就会告诉你：我超越了没有？我能不能把世界化为营养，而不是桎梏心灵的枷锁？如果面对一切，你都是那么自主，不受干扰，不受诱惑，不被左右，但它们的精华又能滋养你，超越就有可能产生。否则，你就肯定没有超越自己。

面对真理时，我们通常点头"欢喜"，但转眼就会忘记。就像医生在嘱咐时，频频点头，回到家药方却随手一放，或者开了药也不坚持服用，那即便为你治病的是华佗，多好的药方都起不了作用，因为你不吃药。

所以，如果你仅仅在道理上明白了世界的真相，明白了该怎么做，却不愿持之以恒地训练的话，你就改变不了自己。因为，你即使能控制得了心，也不一定能控制你的身体。

我举几个简单的例子。所有抽烟的人都知道抽

妄心，就是欲望
之心；真心，就是觉
悟之心。

烟有害健康，但就是戒不了烟，因为身体不听话；有的孩子老是玩游戏机，老是做一些危险的事情，父母老是揍他们、骂他们，他们也知道父母是为自己好，但他们还是改不了，因为身体不听话；好多人都知道早睡早起对身体好，但他们晚上十点前就是睡不着，早上五点时也起不来，因为身体不听话。

为什么我们的身体总是不听话呢？因为我们没有发现自己的真心，也不能安住自己的真心。妄心，就是欲望之心；真心，就是觉悟之心。真心远离思辨，远离逻辑，远离迷惑；妄心却只想满足欲望，只想获得更好的享受。即使你能认知到真心，这两个心也会不断地纠斗。有时候，我们还会像人格分裂似的，有两个"自己"在对话。A 说："十点了，该睡了，晚睡对身体不好。"B 说："再玩一会儿，这个游戏马上就通关了，没事的。"或者 A 说："这明摆着是在坑别人，别挣这些钱了，挣了你会付出代价的。"B 说："为啥有钱不能去挣？房贷还有几十万没还完呢。谁都这么做，我为啥不能这么做？再说，人家咋知道我在坑他？就算知道了，他也没办法。"……

所有人的一生，都像是真心与妄心的战场。你能不能战胜自己？你能不能守住良知？你一生的行为，你一生的轨迹，就是对这一点的不断验证。有的人在中途放弃了，抛弃了自己的良知，但有的人一辈子都在抗争，一辈子都渴望向上，渴望升华。假如一个人有非常坚定的向往，又有很好的参照对象、很好的训练方式,他就一定能战胜自己,改变自己,成为灵魂战场上的自性之王。

　　我是个很"自私"的人，我的写作，更多的是为了享受灵魂酣畅流淌时的那份快乐。生命很短暂，我实在没有时间和心情去计较别人的好恶。我的作品能否传世固然重要，但对我个体生命来说，享受当下的宁静和快乐是超越一切名相的。我真是为自己的灵魂写作的。我不会为了叫一些也许是智者、也许是混混的有着各种称号的"他们"的叫好而扭曲自己的心灵。

　　无论哪个时代，充斥世界的，多是些不明生命意义的"混世者"——对这个词，我没有丝毫贬义。

我父亲就自谦为"混世虫"，我仍然很尊敬他，并羡慕他的活法——当满世界时尚的"阳春白雪"泛滥成灾时，选择即将绝种的"下里巴人"，是需要清醒和勇气的。但我从来不六神无主地观察世界的好恶。我只想说，我不会迎合世界。我只求能在死亡追到自己以前，说完自己该说的话，哪怕固执的结局是被搅天的信息掩埋。被掩埋的璞玉仍是璞玉，被摇成旗帜的尿布还是尿布。

其实，许多时候，不迎合世界者，反倒可能赢得了世界。世上有好多这样的特例，如孔子的儒学，如罗曼·罗兰的反战，如托尔斯泰的勿以暴力抗恶等，在噪音搅天的那时，他们都没有迎合世界——孔子甚至被讥为"丧家之犬"呢——但终于，世界却迎合了他们。再如德国哲学家康德，人们只看到他在那条小路上走过来走过去，像闹钟一样准时，但后来，全世界都知道他，他成为哲学史上绕不过去的桥梁。那个固执而不明智的"丧家之犬"，更成为"万世师表"。

要知道，岁月的飓风正在吹走我们的肉体，无论我们愿不愿意，都会很快地消融于巨大的虚空里。你可能留下的，也许只是你独有的那点儿精神。所以，每一个有灵魂和信仰的个体，都应当明确地告诉心外的花花世界：我不在乎你。

天分往往被看作天才和平庸者的区别，但其实它不是最重要的东西。好多神童，最后都默默无闻，这样的例子并不在少数。那最根本的原因到底是什么？是智慧和定力。

生命很短暂，如果一辈子只想做好一件事，你就是天才；如果一辈子想做好两件事，就说不清了；如果你想同时做好三件事，这辈子就肯定是个庸人。因为我们永远不知道自己还有没有明天。就算只完成一个梦想，也需要每天不断努力，珍惜每一分每一秒，何况要同时完成三个梦想？而对平庸者来说，

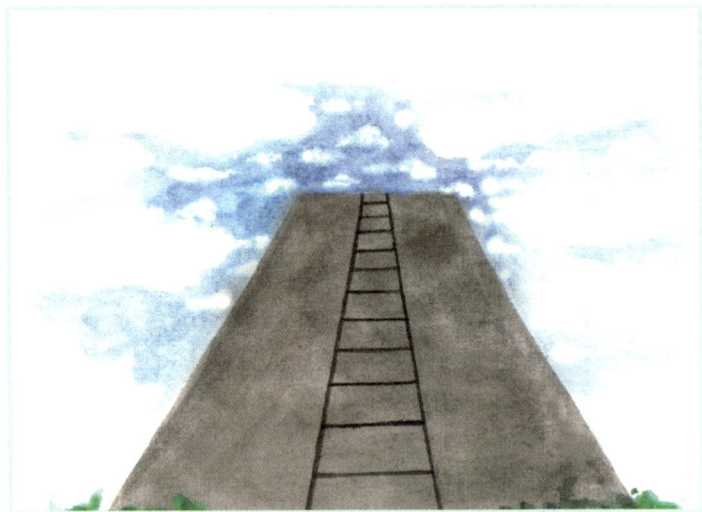

如果希望自己的人
生能达到圆满，就要在
每个当下做出清晰的判
断，不要自欺欺人。

他们没有定力，也不够专注，这才有了与所谓天才的区别。所以，智慧、定力和专注力，才是成功的决定因素。

举个简单的例子，有的人既想做体贴的老公，又想做优秀的作家，还想做成功的商人，结果什么都做不好，一事无成。因为，无论做什么，他都无法百分之百专注，总是心猿意马，自我干扰，时间也分成了三份。我也经过商，但我不是为赚钱而经商的。我把经商也当成一种体验和实践。通过这种实践，我验证着雪漠心学。这种文化带给我的智慧，让我心明眼亮，不但不会受到外物的影响，还能轻易发现商机，知道怎样就能赚钱。因此，我不经商时很穷，一经商，马上就变富了。然而，当我发现自己赚的钱足够一家人生活一两年时，就马上把生意结束了。因为，做生意会耗去大量时间，我不想把整个人生都搅在里面。

经商也罢，修行也罢，读书也罢，写作也罢，做老师也罢，对我来说，都是同一件事——实践我证得的真理。我会随缘地做出选择，但不会执著其中任何一种形式。如果做不到这一点，就算我很穷，也会拒绝一切诱惑与干扰，守住心灵的宁静。

只有当你能够完完全全地掌控自心，才能随缘地做好每一种角色。除此外，如果希望自己的人生能达到圆满，就要在每个当下做出清晰的判断，不要自欺欺人。也不要什么都想做，一辈子能专注地做好一件事，就很好了。

想要完美，并不难

有人问我，你觉得自己完美吗？我告诉他，我觉得自己很完美。因为，完不完美，是心的感受。心快乐，人就快乐；心幸福，人就幸福。一切取决于心。

好多人觉得自己不完美、不幸福，往往是因为贪婪。比如：当他看到长得比他俊的人，就觉得自己的长相不完美；当他看到开奔驰的人，就觉得自己的破摩托不完美；当他看到省长、省委书记时，就觉得自己这个小科长不完美；当他看到别人的女朋友时，就觉得自己的孤独不完美……所有的不完美，其实都是贪欲在作怪。如果没有这些贪欲，就无所谓完美还是不完美。

要知道，好多东西都像过眼云烟，仅仅是某个瞬间、某个阶段的一种现象，很快就会消失，包括人的肉体。这时，重要的不是追求完美的外在，或者完美的生活，而是追求一种可以相对永恒的东西。当你明白这一点时，自然就会逃离贪欲，逃离贪婪的诱惑与纠缠，也就没了好多失落。那么对你来说，只要健康，就是完美的；只要明白，就是完美的；只要心灵自在，就是完美的。这时，哪怕一个人有生理缺陷——比如那些残疾人——只要他有一颗明白的心，他得到的快乐、幸福，也不会比健全者更少。因为，幸福与否，取决于心灵的感受。因此，我常说，清明于当下，触目随缘，快乐无忧。

如果你觉得不快乐，觉得世界对你的态度变了，就说明你生起了分别心，也就是诸如善恶、好坏、高低、贫富、大小之类的对立概念。执著这些概念的必然结果，就是陷入烦恼与痛苦。比如，有的人本来活得很开心，后来他发现，所有同学都有车有房，只有他带着老婆住在亲戚家里，于是变得很自卑，甚至嫉妒那些有钱的同学，变得非常痛苦。他的痛苦是别人造成的吗？不是的。令他痛苦的，是贫富的二元对立。实际上，别人有车有房是别人的事，他既不缺吃，又不少穿，还有个愿意住在他亲戚家里的老婆，有啥好痛苦的？

最矛盾的是，虽然好多人都知道，只要完善自己就能改变现状，但他们宁愿时不时发泄一下情绪，也不愿改变。有时，这是因为懒惰；有时，这是一种不自信的表现；但更多的时候，这源于一种对未知的恐惧。就算一种生活很糟糕，只要它还没触及底线，我们活得下去，而且活得还算轻松，偶尔可以享受一下，很多人就会选择妥协。换句话说，比起改变，他们更倾向于逃避。每个人都能找到借口和理由，但借口和理由无法解决问题。当他满足不了这种贪欲时，内心就会产生一种落差，变得非常痛苦。这种落差是什么呢？是期待与现实之间的距离，也是一切痛苦的来源。

其实，人只要知足，并且尽力做好该做的事情，就不会觉得痛苦。大部分痛苦，都是比出来的。没有比较，没有算计，没有衡量，就没有痛苦。

有一次，一个孩子对我说："传播传统文化不容易，因为，现代人对一切有关慈善、信仰的话题都很敏感，容易产生不好的猜想。他们会用自己的想象，把你的很多行为功利化。所以，你肯定会碰到很多困难，很多难以逾越的坎。"

我告诉她，没关系，我只是在做自己该做的事情。别人有什么回应，都跟我没关系。需要的人，自然会从我的行为和话语中得到自己需要的东西。得不到也不要紧，他们觉得快乐，也很好。我不觉得有什么困难。就算真的遇到一些困难，我也会继续做下去的。不过，世界很奇妙，只要你真心付出，就总有人会感受到你的诚意和善意。比如，我跟这个小女孩只聊了不到两个小时，但她会替我考虑很多东西。为什么呢？因为她相信我，觉得我做的事情很有意义。

世界就是这样。所以，你不要觉得自己会遇到多少困难，更不要把困难看得太实在。困难也罢，不困难也罢，都会很快过去。对你来说，事情的结果不是最重要的，最重要的，是你在做事的过程中成长，实现自己的价值。而且，你的价值不只体现在结果上，更体现在你的态度、姿态与选择上。只要你享受做事、真诚付出，世界就会用它的方式回应你。其他东西，你就算强求，也求不来的。所以我常说，你只管付出，莫问收获。

当你做到这一点时，就会发现，所有困难都会让你更明白这个世界。它在想什么？它需要什么？然后，你可以关怀它、帮助它，但不要在乎它。因为，世界在乎你的行为也罢，不在乎你的行为也罢，都不要紧。你属于你自己。你做的一切，仅仅在实现你自己的价值，在圆满你自己的人生，在实践你自己活着的意义，跟世界没有关系。世界不必迎合你，你也不必迎合世界。你一旦迎合它、在乎它，就会变成它的奴隶，被它控制。它满足你的期待，你就会觉得快乐；它不满足你的期待，你就会觉得痛苦、失落。你的心不属于自己。

所以，我们不要做世界的奴隶，要做自己的主人，要拒绝那些自己不需要的东西，守住那些自己必须守住的东西。要明白自己为什么活着，守住自己活着的理由。然后，放下过去，放下未来，在每一个当下，做你该做的事情。这就是雪漠心学与日常生活的一种基本结合。

没有磨难，就没有成功

　　有人说，雪漠是个天才，所以他才能成功。其实不是这样的。好多人也不满足，也想成长，但他们坚持不下去。遇到痛苦、困难、否定和打击时，就开始怀疑自己，渐渐变得懒惰、放纵，最后成了混世虫，失去一辈子的梦想。

　　我跟别人不一样的地方，在于我能坚持。无论这个过程多么漫长，会经历多少挫折、磨难，甚至苦难，都不能放弃。你必须有承担质疑的准备与心量。你要享受磨难，品味磨难。因为，在这个世界上，没有任何东西比磨难更能让一个人飞快地成长——我甚至可以肯定地告诉你：没有磨难，就没有成功。

如果你不甘心平庸地活着，就不要惧怕苦难。有时，别人的尊重，就来源于你面对苦难的态度。别看我现在生活得很好，过去，我也有过一段艰难的生活经历。而且，那段日子持续了很久。最穷的时候，我连饭都吃不起。有一次只好收些办公室里的旧报纸，卖了四块五毛钱吃饭；还有一段时间，家里穷得连鸡蛋都吃不起，我儿子只好把我妈妈炒给他吃的鸡蛋，偷偷吐到他妈妈的碗里，让他妈妈也能吃上鸡蛋。

还有两个细节，给我留下了很深的印象。当时，教委在市里，我家在乡下，从城里到乡下的车票要八毛钱，我买不起，没法天天回家，而且回家时一般都骑单车回去。有一次回家，儿子跑过来抱着我的腿，亲热地叫爸爸。那一刻，我很希望自己能买些东西给他，但我连八毛钱的爆米花都买不起。我只好告诉他，对不起，爸爸今天没有给你买东西。我儿子没有生气，他说，爸爸，我啥都不要。

还有一次，我买了包白糖回家看妈妈，结果袋子突然裂开，白糖撒了一地。妈妈舍不得，就把地上的白糖和着黄土一同捧起来，泡在水里。黄土沉下去，白糖溶在水里，妈妈就把糖水给喝了。那一刻，我的心里疼痛极了，觉得自己没有尽到做儿子的本分。但即使这样，我仍然没有放弃作家的梦想。因为我知道，时刻陪在父母跟前的儿子，只可能是庸人，要成为一个足以令父母骄傲的儿子，我只能忍受那时的痛，再努力一些，尽快成长起来。否则，我就辜负了父母辛苦供我读书的那份苦心。

后来因为一些原因，我们一家人搬进了城里。我在城里没宿舍，只好在办公室里支了张单人床，旁边再加上一块一尺宽的木板，老婆、儿子睡那头，我睡这头。三个人就这样过了好久，没有自己的家，也没有独立的生活空间。但我还是没有放弃。

我能坚持，不是因为我的条件得天独厚，或不知道吃苦挨饿的滋味。我都知道，然而我超越了。超越了，我才有发言权，才可以站在这里，分享这些我验证过的道理，这种我验证过的活法。我知道，一无所有的孩子想要成功，到底有多难，因此我必须说这些话。我必须告诉那些睁大了眼睛，望向大山另一端的孩子们，要坚持梦想，把握自己，无论有多难，这份坚持总会带着你们越过黑暗，走向光明。一定要相信自己，坚持梦想。

你要享受磨难，品味磨难。因为，在这个世界上，没有任何东西比磨难更能让一个人飞快地成长……

陈亦新的母亲鲁新云常说一句话："只要依靠双手，捡垃圾也会吃上饭的。"就是说，单纯地生存用不了多少物质，在基本的生存满足之后，幸福与否其实取决于心灵的明白与否。

很多人感到痛苦，是因为欲望与现实之间总是存在着大大的差距，当我们执著于欲望时，得到的往往是无奈。所以，有人说，人生是无奈的。对于不明白的人来说，确实如此，即便苦中作乐，也是一种巨大的无奈；但是对于明白人来说，生活中则是无苦也无乐，仅仅充满了各种经历和各种可能性，这些经历和可能，便构成了生命的丰富。所谓的明白，就是当你的智慧得到觉醒，那时便会发现，真正的挤压，并不是外部世界对我们的挤压，而是我们自己对自己进行的一种挤压，是我们自己在跟自己过不去。我们为什么要跟自己过不去呢？因为我们不明白，让我们感到痛苦的，其实不是别的东西，而仅仅是自己的贪欲。

小时候，我最喜欢在床头贴写着"战胜自己"的纸条，而且，我一旦开始贪啥，就果断地戒啥，绝不给自己任何借口。我老是揪着自己的习气不放，跟自己过不去，久而久之，才有了心灵的自主力。当你愿意跟自己的习气过不去时，你也可以像我一样，慢慢地培养出一份对自心的控制力。这个过程也许不是那么好受，但是没关系。要打破一些惯性，必然得有大力。实现那大力的过程，也许就是人们所说的代价吧。不过，对于智者来说，命运给予的一切，都是财富。

所谓的命运是什么呢？其实就是行为的集合。你有什么心，就会有什么样的选择；你有什么选择，就会有什么样的行为；你有什么行为，就会有什么样的命运。不管你信仰哪个宗教，信奉哪种哲学，都不能否认这一真理的正确性。这就像作用力与反作用力一样，不管你用什么话语体系来诠释它，都不能否认它的存在。

而很多人想要逃离的苦难其实是生命中最大的财富。我有个学生说过，她最大的进步总是发生在经历痛苦、放下痛苦之后。她说得很有道理。有的人看起来命很好，有很好的家庭，有很好的工作，也有很好的收入，一帆风顺，平步青云，这样的他，是不可能想要改变自己、改变命运的，这样的人往往会庸碌无为地了却此生；相反，那些命运多舛的人生命中充满了痛苦，他们从灵魂深处渴望解脱，用所有的生命呼唤着解脱与救赎。

所以说，有时候苦难是另一种动力，你要享受它，享受厄运，享受所有命运的留难。当你静静地观察、品味并享受它们的时候，它们就成了你灵魂的营养，让你的心灵一天比一天强大。而你，要敢于跟自己较劲，去改变自我。

战胜自己，才能赢得世界

　　我有个朋友，很热心，也乐于助人。但他总是期望对方照着他的话去做，并且给他感恩的回应。假如对方不能满足他的期待，他就感到失落，进而对其产生偏见、猜疑，甚至嗔恨。

　　其实，他是一个很好的人，有着很好的愿望，但他把这愿望变成枷锁，不但束缚自己，也挤压了身边的一些人。很多时候，他感到幻灭，陷入消极，揣测世界，但实际上，世界的不圆满，来自他心灵的蒙昧，不是世界本身。要明白，每个人的使命都不一样，因缘也不一样。也因此，每

人类最大的敌人，不是自然，不是世界，也不是别人，而是自己。

个人的路，未必会一样。例如我会分享经验，甚至帮你解惑，但我不替任何人选择。谁的生命，谁自己负责；谁的人生，谁自己选择。我不会跪在任何人脚下，也不希望任何人来膜拜我。我希望，每个人都有一颗自由的心灵，不要在心外寻找自己的"王"。因此，我不传播教条，也不传播另一种规矩。我只想告诉你：如何分辨和过滤身边的信息；如何开启生命本有的智慧；为什么一些人能活得自由、快乐、安详；为什么一些人能成功；哪条路才能通往真正的幸福；如何做好人生抉择；等等。

要知道，人类最大的敌人，不是自然，不是世界，也不是别人，而是自己。所有的圣人，都是通过战胜自己来赢得世界的；一些所谓的"英雄"却专注于征服世界，因而征服不了自己。比如，拿破仑征服了整个世界，结果在一个叫约瑟芬的女人面前哭哭啼啼。因为，他爱那个女人，但那女人老去偷情。可见，"强大"改善了他的生活，却没能让他得到自由。他的心始终不属于自己。后来，他终于打了败仗，从法兰西皇帝的宝座上被揪了下来，以战俘的身份，被带到一个小岛上，孤独地死去。

可见，强大是无常的，依靠强大换来的一切，都是无常的。不明白的人，才会不断向外寻找自由、满足，不惜向别人挥起屠刀。但是，任何一把屠刀都有生锈的时候，任何一个暴君都会老去。就算屠刀没有生锈，暴君没有老去，也很可能出现一把更坚硬、更锋利的屠刀，砍掉暴君的脑袋。当你用暴力面对世界时，世界就会用更大的暴力征服你。而当你战胜了自己，世界就会向你打开一个广阔的大门。

活 / 在 / 当 / 下

棍棒之下真的出孝子吗？

现在的家庭教育，应当毅然淘汰一些传统观念中的糟粕，比如"棍棒之下出孝子"。因为，家长打孩子是对孩子的摧残，绝对不是爱。

孩子来到这个世界上，最亲近的人就是父母。如果父母不包容他，不给他一个爱的环境，他生命的花朵就会轻易凋谢。前段时间，有个长期生活在家庭暴力中的孩子自杀了，临死前，他写了一封信，控诉自己的父母，引起了社会上很多人对虐童问题的关注。

大家想想看，如果一个孩子得不到父母的爱，他还懂得爱别人吗？他还能相信别人吗？更可怕的是，一些在棍棒下长大的孩子，有了家庭之后，很可能会用同样的方式对待自己的孩子和妻子。家庭暴力是非常糟糕的。

虽然很多道理大家都知道，但人们往往控制不了自己。比如，谁都知道抽烟不好，家长也知道，但烟瘾一上来，他就控制不住自己。孩子也是这样。虽然他也想听话，但他控制能力差，管不住自己，老想打游戏机，老想出去玩，不愿意学习。这是孩子的天性。所以，我只有在孩子实在不像话时，才会教训一下，让他记住这个教训。一般情况下，我不打孩子。我觉得，一个孩子既然来到这个世界上，就是独立的个体，只要没犯大是大非的原则性错误，就应该尊重他。

理解孩子、尊重孩子不同于放纵孩子，你要用自己的行为让他明白，他必须读书，必须珍惜时间，必须学会选择。如果你自己很糟糕，却想用暴力让孩子变得非常完美，就肯定不能如愿。当初陈亦新说不考大学，想当作家，我同意了。我告诉他，要是他一直非常认真地读书、写作，做正当的事情，一直为了实现自己的人生目标而努力，我会全力支持他。我说："只要你认真学习，基本的生活保障没有问题。但如果有一天，你想当混混，我就不再供你食宿。到时，你就得自己到社会上去闯，去养活你的老婆孩子。"我还告诉他，一定要记住，你是你自己的，要为自己的选择负责任，要承担所有的后果与风险。

如果一个人没有健全的人格、美好的心灵，知识就会成为让他变得更坏的工具。在这个世界上，有责任感的清洁工可以为社会创造价值，腐败的高级官员却会对社会造成更大的伤害。因此，我的成才观和文学观、人生观一样，都是看孩子的存在能否让社会更好一些，如果答案是肯定的，他的存在就有了价值。其他东西，是孩子自己的选择，我尊重他的选择。

所以，最重要的是，如何让孩子拥有健全的人格，如何让孩子养成良好的学习习惯，掌握有效的学习方法。还有就是，如何让孩子能锲而不舍地追求理想和人生目标，不过，这种坚韧，仍然是人格上的东西。

理解孩子、尊重
孩子不同于放纵孩子，
你要用自己的行为让
他明白，他必须读书，
必须珍惜时间，必须
学会选择。

如何与孩子沟通？

常常有人问我，如何与孩子沟通？我觉得，可以从两方面思考这个问题。

第一，孩子不是家长的附属品，他跟家长之间，应该是平等的。他有追求自己人生目标的权利。所以，每个家长都应该尊重孩子的选择，最好不要对其进行干预。在这样的前提下，为孩子提供建议与帮助。因为，每个孩子都有自己的命运，都有自己对人生的独特看法，都有自己的梦想。有时，家长为孩子设计的蓝图，并不能真正让孩子得到幸福。

现在有好多家长，都在用"爱"的名义绑架自己的孩子，让孩子一辈子活在自己的束缚下，过得非常压抑、痛苦。你想想看，他们小小的心灵，承受了多少压力？其中又有多少压力来自父母？父母的期待和要求，对孩子来说，无疑是一种严酷的摧残。它让一个孩子过早地失去了童年，甚至会让一个孩子形成错误的人生观、价值观，失去快乐与纯洁，小小的心中充满功利和欲望。但是，现在有好多父母都没意识到这一点。

每到周末，都有无数家长挟持着孩子，强迫他们去上各种补习班，因为不想让他们输在起跑线上。家长们觉得自己在为孩子着想，却完全没有意识到，自己只是在利用孩子实现某种欲望：自己没考上名牌大学，就希望孩子能考上名牌大学；自己当不上公务员，就希望孩子能当上公务员；自己没赚到钱，就希望孩子能赚到钱。更有甚者，一些父母设计和掌控孩子的人生，仅仅是不想让孩子丢自己的脸。这对孩子无疑是一种摧残，可能会毁掉孩子的一生，却没有人提醒父母们：这是不对的。

第二，现在的家长常把实用作为选择的标准，自己是这样，看待孩子的选择时也是这样。这其实是一种悖论。比如，家长们认为，孩子从事某个职业，有了某种机遇，将来就会有好的发展，但这时吃香的职业，或许很快就会变成一种寻常。例如计算机专业。当初它特别热门，谁都知道学计算机将来可以拿高工资，所以谁都抢着去学。结果，现在满街都是计算机专业的毕业生，一些找不到工作的孩子，只好去当网管，或改行做销售。所以，在面对孩子的未来时，家长们不能功利地衡量一些问题，更不能把文化浓缩成一种技能。

文化其实是一种无用之大用，比如哲学、文学等等。它们在择业上没有很强的竞争力，但对孩子的一生——包括世界观、价值观、健康品格的建立等等——却会形成非常重要的影响。任何一个缺乏人文素养的人，都绝对达不到很高的境界。因此你会发现，所有精英都具有出众的、超越的人生观，否则，他们就不可能拥有今天的成功。人生不是一段很短的旅程，不要用短浅的眼光衡量和计划它。你要把它看得非常漫长，用一种人生的视野来设定目标。

完成自己就是教育孩子的最好方式

有人问我如何教育孩子时，我总告诉他们要完成自己。父母对孩子的影响，很多时候是一辈子的。

我的父母非常质朴，有时，父亲的质朴，甚至会让一些人觉得他很愚蠢。因为他不想伤害任何人，也从没伤害过别人。只要家里来人，不管这人是谁，有什么身份，能不能给他带来好处，他都会拿出最好的东西招待对方，还经常杀鸡。他总觉得，不杀鸡就对不起朋友。而且，父亲从不搬弄是非，从不叽叽咕咕，从不在背后捣鼓人，很大气。在大事上，他从不糊涂，是个大智若愚的人。我在许多方面都很像父亲。比如，我也总想把最好的东西送给朋友。

另外，父亲还有一种非常优秀的品质——任何人向他求助，请他帮忙，他都会帮忙。比如，村里有人半夜得了重病，要到很远的地方求医，就会找到我的父亲，因为父亲是个马车夫。这时，他会立刻放下手头的事情，套上马车，"啪啪啪"甩着鞭子，用最快的速度把病人送到医院。他就这样救了好多人的命。

母亲跟父亲不太一样，她的性格非常强悍，也很要强，从来不屈服于生活中的各种磨难。她每天很早下地，要我做早饭。那时我还小，贪睡，有时她下地回来，见我还睡着，就卷起被头，在我屁股上狠狠打几下。她在我很小的时候，就一边教我干农活，一边给我讲故事。她经常告诉我："娃子，要争气，不要叫人家望笑声（凉州话，意指被人嘲笑）。"我个性刚强，不屈不挠，即使在最困难的时候也没失去信心和勇气，这一点就遗传自母亲。母亲身上也有跟父亲很相似的地方，就是她的善良。她是个佛教徒，愿意帮助别人。很多时候，她甚至会不考虑自家的情况，帮助一些比自己更弱小的人。

一些人可能觉得我的父母非常愚蠢，但我不这么认为。尤其读了书，明白做人的道理后，就想多做些事。因为人生很短，稍不注意，就老了。人一老，想做啥，都没精力了。而且，有时我们仅仅是举手之劳，对一些人来说，却能帮他改变很多。不能小看小人物的作用。有时的小善，能改变别人的命运。

我的父母不识字，我的第一本小说《大漠祭》出版时，吴金海编辑特意在封面上放了我的照片，这样，父母就知道那是我写的书。有一次，我嫌父亲愚昧，父亲就淡淡地说："娃子，我当然愚，谁叫我没个好老子供我念书呢？"我一听，很是惭愧。确实，我之所以走出了愚昧，不过是因为，我有一对勒紧裤腰供我读书的好父母。如果没有父母从小的影响，光凭读书，我不知道自己能不能明白这些东西，后来又能不能真正地进入信仰。所以，我非常感恩我的父母。

你们也是这样。当你们埋怨自己的孩子时，要反思自己有好多事可能没做够，没给他们树立很好的榜样；当你们埋怨自己的父母时，也要记住，你们有明白的、更好的今天，仅仅是因为父母养大了你们，供你们读书，给了你们学习的机会。我们永远都要懂得惜福、感恩，并且不断升华自己。

如何让幸福来敲门

现在，整个社会都在呼唤着幸福感，这当然很好。但是，它也恰好反映出一种令人不寒而栗的现状——幸福感正在逐渐远离我们。

我曾经说过，当全世界都呼吁着，要抢救一种文化的时候，正好说明这种文化在走向消亡，幸福感也是这样。那么，难道我们要坐以待毙吗？当然不是这样。不过，仅仅呼吁还不够，我们应该明白，什么是应该改变的，什么是能够改变的，什么又是问题的根源所在。我们尤其应该明白的是，幸福感从何而来。

满足物质需求其实非常简单，让我们不快乐的，是那颗不属于自己的心，是我们心里的欲望。

幸福感其实来源于满足、坦然、爱等正面力量，假如放纵恶念和欲望等等，使那些正面的力量受到压抑，人就不可能幸福。日本有个非常著名的僧人，是通过喝茶悟道的。有一天，他那栋非常漂亮的房子，被火烧成了废墟。好多人都去安慰他，结果发现，那僧人用几个土块砌成茶炉，用几条没烧尽的木头当柴，正在悠然地品茶。他不管那房子曾经多么豪华，现在如何变成了废墟，也不管以后会怎么样，因为，这些东西跟他没有关系，跟他有关的，只有当下喝茶时的那份快乐、幸福、安详。幸福就是这个东西。

只要你有了栖身之所，不管它是阿房宫，还是租来的房子，哪怕你拥有整个国家，睡觉的，也就是那么三尺地。所以，满足物质需求其实非常简单，让我们不快乐的，是那颗不属于自己的心，是我们心里的欲望。

而想要幸福，只需两个条件：第一，满足基本生存需要，比如衣食住行、身体健康等等。因为，得病、饥饿或寒冷的时候，人就有可能不幸福。第二，开心。开心、快乐，就是幸福。把开心快乐的瞬间延长一个小时，就是一个小时的幸福；延长三个小时，就是三个小时的幸福；延长一天，就是一天的幸福；延长一年，就是一年的幸福；延长一生，就是一生的幸福。幸福就这么简单。当下的快乐、安详，就是幸福。

很多人都在寻找幸福，一边寻找着，一边又和身边人闹着大大小小的别扭。他们忘记了，每个人到这个世界上来的时间不会很长，多则百十年，少则几十年。在那么大的宇宙里，在那么漫长的历史长河中，两个人，或者几个人相遇了，珍惜都来不及，爱都爱不过来了，怎么舍得去闹别扭，又到别处去寻求幸福呢？

我们的亲人，不知道会在未来的哪个时候生病。到时，我们可能会失去他们。所以，父母活着时，一定要爱他们，关心他们，就算不能为他们提供很好的生活环境，至少也要给他们一份好心情。因为，衣食住行解决之后，幸福就是一种心情。我从不跟亲人闹别扭，从来都是给他们一份好心情，让他们开开心心的。每次老婆做饭时，无论做得好不好，我都会赞美她、感谢她。因为，她在用生命为我做饭。我对家人也是这样。

每个人都有自己的生活方式，有我们不一定接受的一些习惯，当他不能融入我们的时候，我们应该理解他。我们不要希望小鸟按我们的方式生活，也不要希望鱼按我们的期待生活。每个人都有他生活的方式，都有他需要的空间，都有他的一种生命乐趣。所以，我们不要干涉家人，要理解他们，要把跟亲人的相遇当成人生中最值得珍惜的一种缘分。等到有一天，你忽然明白自己应当珍惜他们时，他们要是不在了，这会多么遗憾。在我们的人生中，不要有这种遗憾。

所以我们应该首先要求自己，要尽到作为亲人的本分，而不能去要求亲人像我们期待的那样做。如果父亲爱打麻将，就让他打。打一打也不要紧。他一生中没啥爱好，就喜欢打打麻将。他喜欢什么，都要尊重他，不要期望他成为多么伟大的人物、多么了不起的智者。父母能养活我们，已经是最了不起的贡献了。

回报他们，给他们一份关爱、理解、体贴。每一个当下，都要给他们一份好心情，让他们活得开开心心。道理就这么简单。

现在，很多人都失去了爱的能力，既不觉得世界爱自己，也不真正爱世界，这样的人被称为"爱无能"。

虽然"爱无能"的人们有时也为别人的苦难哭鼻子，但只要遇上一点利益冲突，他们就会变得铁石心肠。更糟糕的是，有些人不但不怜悯陷入苦难者，还嫌对方给自己添了麻烦，或怀疑对方苦难的真实性，甚至让身边的人也不要帮助他。也因此，生活在这个时代的一些人，才会觉得自己没有出路，活不下去。

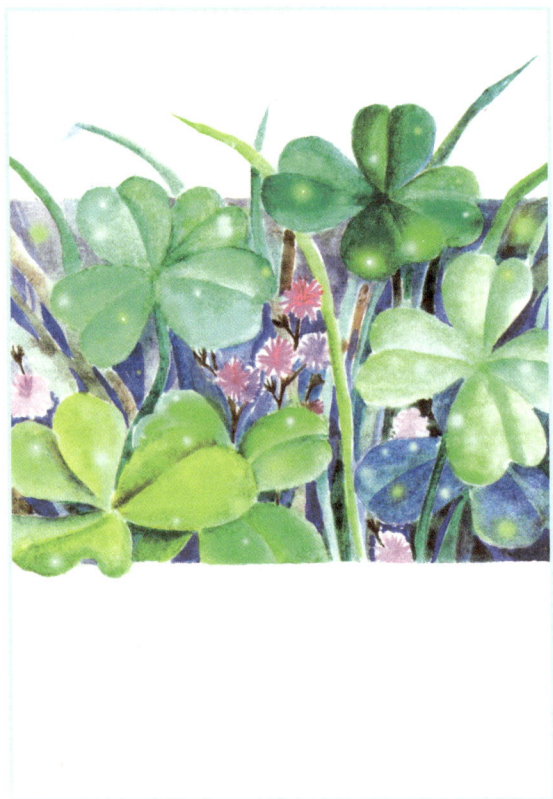

我们需要感受爱，找回爱，有能力去爱。

我们慢慢地不再关心许多陷于战火的国家，不再关心那些倒在血泊里的老百姓，看到人类自相残杀的场面时，我们也不再有所触动。我们的心，变得像脚后跟的皮肤一样，越来越迟钝了，再也不像真正的人类那样，有一份敏感，能对弱小群体付出一点关怀。我们只关心自己的工资有没有增加的可能，自己的职位有没有晋升的空间，等等。我们甚至不同情大街上那些非常饥饿的人，因为，我们总是怀疑对方在骗钱。这当然跟社会诚信有很大的关系，但你也要明白，这不是一种明智和理性，是一种爱的丧失。

有个学生告诉我，她曾在大街上看到一对乞讨的老人，当时下着雨，两位老人连把伞都没有。于是她走过去，把伞塞进其中一位老人的手里。老人刚开始不肯要，后来拗不过，只好收下，却拖着一种悠长的哭腔说："谢谢你啊小姑娘，好人有好报……"听到这句话时，我那学生忍不住流泪了。她说，那一刻，她感觉到老人心里的疼痛。她想，老人平时肯定得不到尊重，得不到同情，也得不到关爱，才会有那么大的反应。然而，令她心痛的，不仅仅是老人的痛苦，还有社会的冷漠。

一个人丧失了爱的能力，或许是他自身的问题，但如果整个社会都丧失了爱的能力，就说明文化出了问题。所以，我们急需一种不同于流行文化的养分，唤醒自己麻木的心灵。我们需要感受爱，找回爱，有能力去爱。

　　要让更多人明白，人与人的关系，不是法官和罪犯，是同胞，是手足，是共享同一个地球的亲人。一些人占有更多的资源、更好的机会，就肯定有人得不到什么资源，也得不到什么机会。这时，我们不该骄傲自满，也不该看不起别人。就算一些人犯了错，我们也该随缘地帮帮他们，至少给他们一点尊重、一个微笑。有时，一点小小的善意，就能挽回一些即将堕落的人，甚至改变一些已经堕落的人。

　　因为，每个人都想活得有尊严，活得坦然，但有些人却做不到。做不到的人，本身就很痛苦，为什么我们还要在他伤口上撒盐，堵上他最后一条路，不去帮助他，让他有别的选择呢？至于我们能改变什么，又能改变多少，是另一回事。你起码要有怜悯的、理解的心。只要拥有这份心，只要能传递这种精神，行为无论大小，奉献无论大小，都是值得尊重和赞美的。

　　一个人在没有找到活着的理由时，往往会为自己设定一个虚假的理由。人们年轻时，这个理由可能会以爱情的形式出现，然后再以事业的形式出现。无论哪种形式，它本质上都像猪的膀胱，我们那儿叫作猪尿脬。

　　小时候，村里人每次杀猪，都会把猪的膀胱取出来。我总喜欢把里面的尿倒出来，吹呀吹，吹得大大的，然后把它扎住，风一来时，我就像放气球那样，把它放飞。狗们就会追着它跑。村里有无数的狗，都在追那猪尿脬。其中最厉害的狗，才能追到这个东西，但它一下子咬破，"啪"的一声后，也只剩下一股尿臊气。许多人也是这样。

找不到活着的真正理由时，每个人都像那只狗，都认为他追求的膀胱，就是一生中最重要的追求。他追呀追，追到最后才发现，他投入所有生命去追求的爱情，他投入所有生命去追求的那个女人或男人，原来俗不可耐，根本就不值得追求。这就是某些人的爱情。一个人在遇到真正的爱人之前，就会觉得，你第一次遇上的那个人，就是你的爱人。事实上，有时候是，但有时也不是。我第一次遇上的，就是我老婆，除了她，我再没谈过恋爱。不过，这主要是因为我没时间，如果有时间，就说不清了。

而让爱情永恒的唯一方法，就是让它变成信仰。信仰不仅仅是宗教。就是说，并不是只有信仰宗教，才算有信仰。比如：母亲对儿子的那种无私的爱，就近乎信仰；有些妻子对老公那种无私的爱，也近乎信仰。所以，让爱情永恒的方法，就是让爱情升华为信仰。因为，爱情只有升华为信仰，才会从追逐一种美好的化学反应，变成对一种奉献精神的向往和实践，并且慢慢变成一种生活方式。那么，他们就不会轻易产生失落情绪，他们的情感，也不会轻易被失落所消磨。

所以说，爱长久于精神上的认可。

来了当你不会走，走了当你没来过

好多人口口声声地说自己很"爱"一个人，却因为一点点利益冲突，就去伤害对方；有的人还以爱的名义，限制对方的自由，强迫对方满足自己的每一个要求，令对方感到窒息，活得非常痛苦。这是爱吗？

当然不是，它只是一种占有欲和控制欲。或许，其中也有男女之间的相互吸引，但那只是好感，谈不上爱。真正的爱，是奉献，是多为对方想一想，是真诚地希望对方能活得幸福、快乐，而不是陷入一种巨大的执著，不择手段地想要定格某种状态，更不是把对方当成满足自己某种期待的工具。真正爱一个人的时候，你绝不忍心看到对方受到一丝一毫的伤害，更别提自己亲手去伤害她。你会呵护她、珍惜她，珍惜与她相爱的每一分每一秒，你会尽自己一切的力量，让她生活得非常快乐。就算她要离开你，你也会尊重她的选择。

如果对方不爱你了，也不要因此就仇恨她、报复她、诋毁她，把她当成骗子。因为爱情本身就是一种感觉。这种感觉存在时，爱情就存在；这种感觉消失了，爱情也就没有了，无论你如何强求，都留不住它。世界上的一切都是这样，一切都是因缘和合的，因此是无常的，是不断变化的。相爱的时候，你们是真诚的，所有的山盟海誓都是发自真心的，可是一旦因缘改变了，爱情也就消失了。它就像流水——不管你多么努力，都抓不住手中的流水，那么，何不淡淡一笑，把它放下？

我对一个学生说过，来了当他不会走，走了当他没来过。珍惜，但不要执著。永远都要明白，让你痛苦的并不是事情本身，而是你的执著。因为执著，所以不想放手，但好多事情，不是你不想放手就可以不放手的。要知道，世上一切都是因缘聚合的产物，你的努力，仅仅是因缘链中的一环而已，它能造成一些影响，但它不能控制结果。如果你非要控制一些自己无法控制的东西，就会非常痛苦。

只有当你学会了不执著地去爱人，才会明白真爱，才有可能正确地去爱。

《海的女儿》讲的不仅仅是爱情

很多人知道童话故事《海的女儿》，也知道它讲述的是一个凄美的爱情故事。但其实，它不仅仅只有爱情那么简单。那些感情用事，理性思考不足，将情感、婚姻、家庭作为生活主旋律的女性，更应该用心品味这个故事。

《海的女儿》展现了女性的浪漫，女性对幸福的憧憬，也展现了女性最可贵的美德：善良、真诚、忠贞。为了爱，为了梦想，为了信仰，貌似柔弱的女性会迸发出惊人的勇气、坚强和力量。她们在残酷的现实面前，甘愿忍受苦难、屈辱，甘愿奉献一切，哪怕是生命。

安徒生赞美这样的女性，但另一方面，他也借巫婆之口，说出了自己对年轻女性的忠告与祝愿。第一，巫婆说："假如你得不到那个王子的爱情，假如你不能使他为你而忘记自己的父母、全心全意地爱你、叫牧师来把你们的手放在一起结成夫妇的话，你就不会得到一个不灭的灵魂了。在他跟别人结婚的头一天早晨，你的心就会裂碎，你就会变成水上的泡沫。"就是说，单纯把儿女情长作为全部生命意义来追求的人，不一定能收获真正的幸福。永恒的幸福，不能依赖别人施舍，只能自己创造。生命价值也是如此。第二，巫婆说："我必须得到你最好的东西，作为我的贵重药物的交换品！"就是说，你想得到什么，就要付出什么，世界上永远没有免费的午餐。永远不要心存侥幸，为了小利、小恩、小惠，放弃最重要的独立、人格和尊严。换句话说，女性想要得到人生的成功与幸福，最重要的，不是找到一个好男人，而是拥有一颗明白、觉醒的心。

这个故事展现的女性美，既是女性的弱点，也是女性最可爱的特质；既是女性的悲哀，也是女性的伟大。因为，这种女性在做出选择时，考虑的往往不是功利，纯粹是情感和爱。可惜，在功利文化的熏陶下，这样的女性已越来越少了。相反，一些克服了这一弱点的女人，可能在性格和心理上，都比一般女性更坚毅、更稳定、更刚强，所以，她才能达到

永恒的幸福，
不能依赖别人施舍，
只能自己创造。

一般女性难以企及的高度。但这时，人们又会说，她不像女人，不可爱。可见，很多事情都说不清。

我也说不清现代女性应该追求什么。不同的心灵，有不同的追求；不同的因缘，适合不同的选择。但只要她锻炼出一颗明白、觉醒的心，知道不同选择的结果分别是什么，她就可以做出任何选择。不管你是女性，还是男性，都应该明白，人生境界也罢，成功与幸福的程度也罢，都不会超出你的心，也不会超出你的选择。

你的生活是否像一根紧绷的弦？

有一次采访时，我注意到这么一个现象：参天大树被砍倒后，就会显出一圈圈的年轮。这年轮，明白记录着每一年的气象情况。阳光充足，雨水非常好的年份，年轮就显得很宽、很均衡，这说明，那一年它发育得非常健康；干涸的年份，那年轮就有明显的扭曲痕迹，这说明，大自然给它的营养不够。这扭曲，就像是大树的烙印，在它的生命中清晰地记载下来，永远没法弥补、改变。

人也是这样。每个人的生命都只有一次，每个阶段都值得珍惜。过去了，就永远不会再来。

某个生命时段缺阳光、缺水分，无论后来怎么努力，都不能修复那痕迹。种瓜得瓜，种豆得豆，辛勤的耕耘只能自己完成，别人无法替代。所以，我总在有限的生命时空里，尽量多做一些利益世界的事。活到老，学到老，取天下学问，为我所用。铸就光明心，以照菩提愿。

因此，在生活的每一分每一秒中，我们都要清醒地做出选择，不要让贪婪干扰心灵的宁静和自主。时刻都要记住，真正的直觉不是欲望，也不是冲动，是在智慧的观照下，应对世间一切，随缘任运。但不要盲信自己的头脑，因为，思维是由概念、经验、知识、偏见、喜恶等东西组成的，是分别心的产物，是人为的，不是世界的本来面目。不要单纯用头脑思考，要用双眼去观察，用心灵去感知。否则，你不但得不到真正的满足与安宁，还会把时间消耗在一些毫无意义的事情上面。到头来，什么都留不下。

现在的很多人就是在各种名义下追求欲望，有的名义还很伟大。比如，要让家人过得更好，要帮助更多的人，等等。这些理由都很好，但他们大多在追逐中迷失了自己，种下了许多恶因，也承担了许多恶果。因为，他们不得不迎合社会上的一些规则，才能赚钱，才能出名。"不得不"的次数多了，就会变成他们的生命习惯，让他们变得贪婪、世故、算计、自私。有一天他们会发现，往日那个充实了他们的生命，让他们充满激情、非常纯粹的东西，已经消失了。他们没有向往，没有精神追求，也没有心灵的依怙，连灵魂都死了，因此活得非常空虚，只好不断索取，希望在心外的世界找到满足。

然而，建立在物质上的满足，只是一点情绪，物质变了，环境变了，欲望变了，情绪就变了。久而久之，他们就会疲倦、无助、无力，变得焦躁、不安、敏感、易怒。这样的生活，就像一根紧绷的弦，即使富足，又能给谁带来幸福呢？

你真的明白什么是「控」吗？

我们笑说自己是"手机控""萝莉控""日韩控"等等的时候，往往是在表白自己对这些事物的喜爱程度，但我们没有意识到，如果自己因喜爱而生起贪婪与执著，心灵就会受到外界的摆布。

比如，有的人为了买一部新款手机，可能会花光自己整个月或者几个月的工资。这时，他可能想请父母吃顿好的，但是他请不起；他可能想买一套很好的书，但是他买不起；他可能终于请到年假，可以去旅游了，但是他去不了。为什么？因为他的钱都用来买手机了。买手机之前，他不

如果自己因喜爱
而生起贪婪与执著，
心灵就会受到外界的
摆布。

知道事情会变成这样吗？肯定知道，但是他控制不了自己的心。当然，"手机控"仅仅是一个例子，类似的现象还有很多。

那么，"控"的真正含义是什么？它是社会上流行的各种东西对个体生命的控制和束缚。现在的这个社会流行什么？时尚、概念、欲望，而且，这些东西的具体内容一直在变。这些变幻多端的东西，把我们鲜活的生命束缚住了，让我们进入了一种自我消失之后的无意识状态，也就是一种不能自主的盲目状态。我们的盲目，构成了社会的集体无意识。我们没有自己，不知反省，庸碌、麻木而又忙碌地活着，每个人都不知道自己的活有什么意义，仅仅是在乐此不疲地追求着一些没有真正意义的东西。我们每个人都像山顶滚下来的石头，"咕噜咕噜"一直往下滚，控制不住自己。

更可怕的是，每一块从山顶滚下来的"石头"，都不知道自己正在往下滚，不知道自己被某种力量裹挟了、绑架了，也不知道，等待自己的，是最终与山脚或崖底的致命撞击。这就是"控"。你的心灵受到了控制，但是你对此毫无自觉，就叫"控"。

现在，好多人肉体还活着，灵魂却死去了。灵魂死亡的人，只能感觉到肉体的欲望，以及欲望得到满足后的短暂快感，他感受不到一种暖融融的、说不清道不明的情感。那东西非常美好，非常纯洁，但它藏在活着的灵魂深处，行尸走肉般的人，是体会不到的。

好多人都不知道什么是心灵死亡，更不知道，自己的心灵正在走向死亡。因为，那是一个非常缓慢的过程，就像慢性中毒一样。在心灵死亡的过程中，你会不知不觉地失去感知力，失去爱的能力，变成一个活在欲望和本能中的动物。有的人，甚至活得不如动物。

因为功利已经占据了他们的心灵，变成了他们的心灵惯性，让他们变得非常麻木，因此他们的心灵压抑到了极点，感受不到灵魂的愉悦。但人还有另外一种活法。所有人的肉体，都必然走向死亡，但心灵的死亡，却不是必然的。而且，已死的心灵，仍然有复活和觉醒的可能，只是过程也许会非常艰辛。

那么，我们怎么知道自己的心灵是活着，还是死了呢？答案很简单：看看自己还会不会轻易被感动。

如果我们的情感还鲜活着，知道什么是爱，能感受到爱，能悲悯，我们的心灵就活着；如果我们的情感已非常麻木，不再为陌生孩子天真的笑而感动，不再为别人的苦难而心痛，我们的心灵就死亡了。比如，过去你有良知、有梦想，会同情陷入困境的人，但现在，你只知道自己想要什么、没有得到什么，这说明你的心灵已经死亡了，至少在走向死亡。

人之所谓活着，必须是指肉体与精神的同时活着。

有多少人在干预自己

　　我们不断地拒绝社会环境对自己的污染，也反感别人对自己的干预。但往往会忽略掉一个重要的干预自己的对象，就是你自己。

　　什么叫干预自己？我举个例子，好多人看到自己不如别人的时候，心里就会不舒服，觉得自己没面子，觉得社会不公平。社会是不是真的不公平？说不清。可是，社会公平也罢，不公平也罢，都不代表你就必须痛苦地活着。毕竟，世界上没有一个专门跟你过不去的"社会"，它所有的作为、所有的现象也不是为了让你活不下去，

好多烦恼和痛苦的产生，就是因为自己总是在干预自己，不肯让自己非常自然地活着。

或者为了让你活得不快乐。决定你快不快乐的，只有你自己。要是你不去跟人家比较，只是全心全意地做好自己的事，怎么会有这么多烦恼呢？

所以，好多烦恼和痛苦的产生，就是因为自己总是在干预自己，不肯让自己非常自然地活着。其实，别人得到了多少，那是别人的事情，跟你没关系。跟你有关的是什么？是你处事的心态和面对世界的态度。当你觉得自己应该得到什么，却没有得到的时候，你心中的世界就是不公平的；当你不在乎自己得到了多少，也不在乎别人得到了什么，只关心自己有没有尽力的时候，你心中的世界就不存在公平与不公平。

别人也是一样，当别人认为自己的世界非常圆满时，你就不应该对他们指手画脚，不应该干预他们的选择。即便你认为某些选择会给他们带来伤害，也不要去干涉他们的自由。因为，你的干涉会变成他们的负担，让他们变得不快乐。当别人觉得这样生活很快乐的时候，你就应该随缘，而不是去强求一些什么，尤其不应该强迫别人接纳或者依照你的活法。

每个人都有自己的快乐和世界，每个人的视角不同，眼界不同，看到的世界就不一样。而让别人和自己都感到快乐才是最重要的。

　　我曾发过一问：既然不读书我们死不了，那么，我们为什么读书？时下，许多人所谓的读书，大多是为了"用"，功利性很强。而我说的读书，是指"道"上的读书，而不是"术"上的读书。

　　没人知道，不读书的人虽然肉体上不会马上死去，但他们的心灵却可能为愚痴的侵蚀而死亡。当然，那种死亡过程是缓慢且不易察觉的。你会在不知不觉中经历那种死亡。等那死亡真的降临时，你就会认为那些喜欢读书的人真是幼稚，却不知道自己的心已经死了。

而心灵死亡的人，虽然肉体还能移动，有人甚至也活得很风光，但实则是一具活着的僵尸。他们已成了社会的一个死去的细胞，因为他再也不能为社会创造一种价值。他们没有创造力，心是冰冷的，没有爱心，没有灵魂的热度、生命的激情，更没有向往——或是他们将一种贪欲当成了向往。那些人所能做的，仅仅是浪费地球的资源。这种人要是无休止地繁衍下去，对社会、对人类不能贡献什么，人类就成了地球的"癌症"。

当然，有些人也并不是不想读书，而是这个时代充斥着漫天的"垃圾书"，如果缺少一双慧眼，就很容易在"垃圾书山"中迷路。很多人分辨不出哪些是好书，哪些是坏书，加上外界媒体及诸多短视名家的炒作和吆喝，使大众丧失了最基本的判断力。久而久之，很多人的心灵早已疲惫，对书也丧失了最起码的尊重和敬畏，对文化、对人文的东西不再重视，而追求急功近利和欲望的满足。时下，"坏书"和"毒书"不少，很多人就是在这样的环境中不知不觉地堕落、萎靡、下滑、消极，终而不知不觉地"死"去。

可怕的是，这种堕落已成了群体的堕落。虽然很多人并没有发现自己在堕落，这成了另一种意义的集体无意识。如果缺乏警觉，是很难发现那张庸碌大网的笼罩和腐蚀的，生命就会在网中慢慢流逝了。虽然也有个别清醒者想挣扎一下，但他很像网中的鱼儿，无论跳多高，落下时，仍会发现自己在网中。徒劳无功地跳几次后，他也会认命地随波逐流。

所以，每个人必须从这种群体的堕落中自救。而真正的自救，从读好书开始。要读那些能增长智慧的书，读那些能长养善良的书，读那些能让我们的心柔软并充满爱心的书。

　　我父亲老是说："老天能给，老子就能受。"说这话时，他总是显得无比豪迈，体现出人类该有的一种尊严——命运中的一切，天灾也罢，人祸也罢，都是你老天爷的能耐，我能挺着腰杆接受它们，却是我作为人的尊严。

　　这是一种非常高贵的态度。它让我的心灵产生了一种触动，我想，这句话里面承载的东西，似乎是这片土地上一种非常独特的精神，如果以千年来凉州百姓留下的东西为基点，用心寻找、用心挖掘的话，就一定能找到这种精神。所以，在严格意义上的闭关之前，我跑了很多地方，把凉州大地都给跑遍了，我研究各地的风俗民情，研究各地的文化，不断感受着那片土地上的一切。闭关修炼时，一想到要为老百姓写一本书，我的心里就有东西要流出来。

有趣的是，我的生命中总是出现一种因缘，推着我走上现在的这条路。比如说，《大漠祭》快要出版的时候，我家正好在开书店，所以我觉得，自己多少得宣传一下这本书，就和老婆商量着，到时在书店门口写个"热烈祝贺雪漠《大漠祭》出版"的条幅，有可能的话，再找几个歌手来唱唱歌，稍微在凉州城里宣传一下就行了。但是没想到，《大漠祭》一出来，马上就有好多人帮我宣传，结果全国都知道了。

这个世界就是这样，你最初可能只是为了一个非常单纯的梦想而努力，但是当你静静地、坚定地走下去，实现了这个梦想的时候，却会发现，自己收获了很多意想不到的东西。我最初只想为农民父老们说说话，但是因缘的聚合，却让旧日的我变成了今天的我。这是我始料未及的。

所以，不管你的梦想是什么——当然，最好是一些有益于世界、有益于社会的东西——该走的路都只有一条：每天尽量做好该做的事情。因缘俱足的时候，你自然会获得意想不到的成功。如果你天天惦记着成功，盼望着有朝一日能功成名就，你就很可能会一事无成。以是缘故，我总是对我的学生们说：只管耕耘，莫问收获。

你的行为构成了你的命运

　　人的一生就是在不断进行选择的过程，如何做出智慧的抉择则是每个人的命题。因为人们每时每刻都在面对选择：要知道什么是好东西，自己应该吸收什么样的东西，什么东西又是应该拒绝的。

　　这样的自觉看似简单，实则需要拥有智慧。那智慧怎么来的呢？它是通过人格修炼得来的。我从很年轻的时候，就开始进行人格修炼。我非常严格地按照佛家的方式来修炼自己的心性，升华自己的心灵。当我通过这种方式放下所有执著的时候，我眼前的世界才真正变成了一个巨大的宝库；当我的心中连"文学"的概念都没有，写作仅仅是为了表达一种大爱的时候，心和笔才获得了真正的自由，我也因此感受到一种巨大的快乐。"朵朵黄花皆是菩提，声声鸟鸣无非般若"，我就是世界，世界就是我。就是这样的一种境界。这种境界必须从人格修炼中得来，你从书本中，从简单的生活感受当中，是无法获得这样一种智慧的。感受生活也很好，好的感悟，是生活给你的礼物。但是想要得到一种好的领悟，不但需要敏感的心灵和眼睛，还需要一颗睿智的心。

有时候，一个人的痛苦，仅仅在于他做出选择的同时，又不愿意放下自己必须舍弃的东西，这就构成了一种巨大的矛盾。人生中的许多美好，就是被这种纠结消解了。但是，有多少人能明白这一点呢？能明白这一点的人，就能拥有更高的生命质量，因为他在人格的修炼中慢慢就会拥有一种智慧抉择的能力，就会自然而然地明白应该如何面对这个世界，如何面对整个人生，就会知道，什么是值得吸取的营养，什么又是应该剔除的糟粕。

我们每一个当下的选择，决定了我们每一个当下的行为。而每一个当下的行为，就会构成我们的命运。所以，智慧抉择的重要性不言而喻，你可以否认许许多多的观点，但你无法否认这个事实。

得到一种好的领悟，不但需要敏感的心灵和眼睛，还需要一颗睿智的心。

环境或机遇都不是失败的理由

如果你到我的家乡去，就会看到一些流着鼻涕、脏兮兮的孩子。我当初跟他们一模一样，但我成长为今天的雪漠了。陈亦新老是对我说：爸爸，这个地方出了你，真是奇迹。我现在想来，也觉得是奇迹，可我偏偏就在这里，也肯定会在这里。为什么呢？因为我做得足够好了。当一个人做得非常好时，除非他躲进深山老林，一个人都不见，否则就肯定不会被埋没。所以我们总说："是金子，就会发光。"

当然，历史上或许有些人真的被埋没了，但

这只是"或许"而已。康德这么一个小老头，总是待在家里，哪里知道自己可以影响世界？但他确实影响了世界。孔子也是这样。当初他饿着肚子到处流窜，他能想到千年后自己还有这么大的影响力吗？所以，不要怀疑一些东西，只管完善你自己。只要你有足够伟大的精神，就定然会得到精神的传承者。否则，上帝就失职了。

所以当一个人自身拥有很强的影响力时，就会超越很多世俗的东西，比如世俗的形式与力量等等。当然，如果能得到世俗力量的支持，当然很好，不要拒绝，但得不到也不要紧。你能做好自己，就已经很好了。要相信，宇宙间必然有你存在的理由。

只要你做好自己，足够优秀，很多看似偶然的东西，其实会成为必然。比如：如果《大漠祭》出不来，《猎原》也会出来；《猎原》出不来，《白虎关》也会出来；《白虎关》出不来，《西夏咒》也会出来；《西夏咒》出不来，心学系列作品也会出来……只要世界上有一个人发现我的其中一部作品，我所有的世界都会被人们发现，我的任何一部作品都肯定能出来。那我怎么可能被埋没呢？

所以，对于一些人来说，成功是必然的。能否成功，就看你能否成为这样的人。这个世界上，绝对没有凉州人所说的"天上掉下个油果子，掉到瞎子的嘴里"这种事。没有自强不息，没有厚德载物，你就不可能成为君子，更不可能有君子的成就。

很多年前，在我正式禅修之前，我就在研究命相学，那时我就算得上精通了。我发现，命运中确实有一种奇怪的东西，它类似于密码，能反映一个人所有的生命信息。陈亦新于是问我："爸爸，难道命里注定成功的人，就不用努力了吗？"我说，当然要努力。《易经》上说过：天行健，君子以自强不息；地势坤，君子以厚德载物。自强不息、厚德载物是成功的两个必要前提。缺少其中任何一点，都只能沦为庸人。因为，没有君子之心者，必然没有君子之命。

所以，不要过多地考虑环境或者机遇，更不要从外界找失败的理由，首先应该从自身的强大做起——这就是《无死的金刚心》里琼波浪觉最后的感悟。只要你有了不可忽视的价值，成为一种不可替代的存在，任何人也罢，物质也罢，就无法制约你。

　　我是甘肃的专业作家，也有机会去挂职当官，但我不当，因为没有时间。我的老家在甘肃武威，曾经有个很有能力的朋友说，你到上海定居吧。我问儿子，到上海怎么样？他说不去。为什么？因为他坐过上海的地铁，觉得将大量时间用在交通上，用在非常拥挤的人群中，太累了。所以，后来我们没有去上海，选择了原始森林旁边的一个广东小镇，那个地方相对开放，也相对清净。

　　你也一样，每个人都一样。不要选择了上海，又羡慕西部，觉得不能过西部那样的生活。选择

一定要明白，
做每一个选择，都
是有代价的。

了上海，你就要为你的选择承担责任，承担它给你带来的所有快乐，也承担它给你带来的所有烦恼和焦虑。一定要明白，做每一个选择，都是有代价的。

过去，我选择闭关时也是这样。我在最美的时候，选择了最美的世界。我在可以选择无数恋爱的可能性时，选择了一个老婆——我初恋就结婚了，没谈过其他丰富多彩的恋爱。我在二十五岁到四十六岁之间，在人生最精彩的时候，选择了闭关，直到今天，仍然离群索居，常年闭关。这种选择，在别人眼中，可能是不开心、不快乐的，但我选择了这种生活，也选择了它给我带来的一切。

我的老婆也是这样，她不痛苦。因为，她选择了雪漠，就要承担当雪漠老婆带给她的一些东西。既然选择了雪漠，就不能只接受雪漠的好，把雪漠的不好拒绝掉。选择雪漠，就接纳了雪漠的整个世界，包括太阳，也包括阴影。

人生也是这样。既然你选择了老公，就要包容老公带来的一些不好的东西，要选择他的全部；你选择结婚，选择孩子时，也是这样。选择了，就不要埋怨它给你带来的不舒服的东西。因为，那是你自己的选择，不是别人帮你选择的。

「不得不」只是借口

有个朋友曾经问我，我不想陪客户喝酒，但是不得不喝，怎么办？我说，那你就不要喝。他说，可公司领导非逼着我喝。我告诉他，那你就换一家能把你当人看的公司。他会不会换公司？说不清。为什么呢？因为他不一定敢这么做。

好多人都是这样，为了赚钱，为了更好地享受，不得不做很多自己不愿做的事情，或者伤害自己的健康，或者伤害别人的利益，到最后，身体垮了，人格也破产了，有的人受不了压力，就自杀了，有的人得了重病，有的人非常抑郁地活着，快乐、自由的人并不多。最后剩下了什么呢？剩下了存折里面的一串数字，或许还剩下了几栋楼房、几家公司、一个老婆、几个孩子。有时候，他留下的许多财物，还变成了老婆的嫁妆，这便是我们常说的"为他人作嫁衣"。世俗意义上的成功，对那些死者来说，已经没有任何意义了。

人生就是这样。穷人也罢，富人也罢，都是这样活着的。每个人都被自己想象中的"不得不"压得动弹不得，活得非常压抑。有的人以为自己只要混出头，就不用这么活了，但到头来他会发现，无论自己挣了多少钱，都无法脱离世俗的游戏规则。为什么？因为你在乎它，因为你的快乐和自由都来自于它。没有它，你就不快乐了，也不自由了，所以你只能去追求它，只能去遵循它，只能非常无奈地接受它。不管你甘心，还是不甘心，都必须承受这一切，因为这是你的选择。你选择了什么，就要面对什么；你选择了什么，就要接受什么。

有一个年轻的朋友对我说，有些抑郁症患者只要转换一个角度来看待自己的生活，他们就快乐了。我告诉他，没错，但是他们能转换得了吗？如果每个人都能转换角度，只要能满足基本的生存条件，不管有没有钱，都可以活得很快乐。问题是，你怎么转换看待事物的角度？当事情落到你头上的时候，你是不是明白，自己的痛苦都源于某种看待事物的角度？你愿不愿意承认这一点？你愿不愿意坦然地面对这一点？能够坦然接受与面对的人，自然能活得快乐一些。

　　所以，自由还是不自由，并不取决于你是不是想买什么就能买什么，想怎么生活就怎么生活，而是看你心中有没有许许多多的"不得不"。如果你觉得自己不得不怎么样，你就是不自由的，因为你的心灵在外物的束缚之下。有多少"不得不"，就决定了你不自由的程度。

每个人都有自己的选择，每个人的选择，可能都会不太一样。高僧有高僧的选择，大德有大德的选择，雪漠有雪漠的选择。对吗？对。因为，我们不能干预别人的选择。

雪漠老是闭关写东西，是不是对他的妻子太狠心了？不是的。我的妻子选择了我，就选择了我的全部。她既要分享我的荣耀，也要承担等待的生活。否则，她就不会选择我。一些人诋毁我时，我的好多学生很不高兴，我也对他们说，你们选择了雪漠，就必须承担别人对他的诋毁。所有东西，都是这样的。你做出什么选择，就要甘于什么选择。你选择了，却又不甘心，就必然会承受痛苦与失落。

所以，面对自己的选择带来的一切时，我们要明白、放下；面对不同的选择时，我们要尊重、祝福。我们永远都要记住，有什么样的选择，就有什么样的命运。这跟别人没关系，永远都是自己决定的事情。有人在谈论到虚云老和尚的妻子时认为，虚云的妻子当初选择他，只是因为爱他，并没有选择一个出家的他。但你不可否认的是，她选择了一个有智慧、有追问、有思想的男人，这个男人绝不会甘于平庸的生活，他会追求更高的人生价值。因此，要明白，你这一刻做出的选择，必然关系到你下一刻的命运。它们就像连在一起的锁环，牵一发而动全身。

试想如果虚云和尚的妻子选择了一个农夫，她就不用面临那样的命运。她的丈夫可能会一辈子陪着她，呵护她，跟她生儿育女，一起把孩子养大。但是，她逃过这种痛苦，又会迎来别的痛苦。因为，人总会老去、生病、死亡的。她的丈夫死亡时，她一样会很痛苦。所以，这些妻子的痛苦，看起来是一种选择带来的，其实是整个人类的必然。因此，佛教中有"苦谛"一说。从这个角度看，她们的选择，其实是最好的选择。因为，与其让自己的男人混上一辈子，然后在平庸中死去，还不如让他们出家，变成虚云、弘一，为世界创造一种更大的价值，也为自己实现一种更好的人生价值。

有什么样的选择，
就有什么样的命运。这
跟别人没关系，永远都
是自己决定的事情。

　　直到今天，还有人关心弘一的妻子过得好不好，关心虚云的妻子过得好不好，完全是因为她们的丈夫是弘一和虚云。谁还关心千年前某个农夫的妻子过得好不好？那农夫是否打过她、骂过她，让她承受了漫长的等待？所以，弘一的妻子也罢，虚云的妻子也罢，如果在天有灵的话，都会感到一种荣耀。世界上有那么多平平常常的男女，他们打打闹闹、浑浑噩噩地厮守一辈子，能有多少幸福呢？他们怎么能得到这种荣耀呢？当然，这所谓的荣耀，也许只是我认为的。

　　所以，不要用一种我们认为的"残忍"，去干预人家当初的选择，或者评判人家当初的选择。所有选择，都有它的理由。

　　我一直在强调梦想的重要性，但我也必须提醒大家，要坚持梦想，就必须做好"舍"的准备。很多人或许会问为什么一定要"舍"？

　　因为，让自己尽快成长起来，拥有巨人的眼光、心量、视野与胸怀，并不是一件容易的事情。实现这一点之前，你必须付出大量的时间与精力，无法安逸地活着，也没时间争夺一些大家都在争夺的东西，比如金钱、物质、名利等等。而且，有时你必须放弃它们，守护自己心灵的纯净、安宁与独立，否则，就会被世俗熏得昏昏欲睡，把自己该做什么都给忘掉了。

很多富有才华，却没能成功的优秀青年都是这样。他们总是埋怨时代，埋怨社会，埋怨环境，埋怨运气，却不知道从自己身上找原因。实际上，他们之所以无法成功，主要还是因为自己在该努力时放弃了。例如，我的一些朋友最初或许比我更优秀，然而直到今天，他们或销声匿迹，或仍然是个小作家，远远没有创造出相应的价值，也没有建立大的人生格局。

我举个例子：有个朋友成名比我早，但很快从文坛上消失了。因为，他出名早，后来认识了一个漂亮女孩，就想跟老婆离婚，和那女孩结婚，花了两三年时间。离婚后，他想把女朋友调到大城市，于是又花了好几年。此后还发生了好多事。有一天，他突然发现：啊，我竟然老了！这时已过去了三十年，他再也不是当初那个才华横溢的青年作家了。

一些没能成功的作家，就是这样。他们不是没有才华，也不是不够优秀，而是不够专注，不能坚持。他们中的一些人发现能当官，就当官去了；一些人发现能赚钱，就经商去了；还有一些人，跟我那朋友一样，遇到美女，就谈恋爱去了。没过多久，这些满腹理想的作家们，就不再读书，不再写作，渐渐被庸碌吞噬了。到了最后，他们再也写不出好东西了。

我跟他们不一样。一旦确立了人生目标，我就绝不会留恋一些与之无关的东西。书跟梦想息息相关，于是我取；金钱跟梦想没有直接关系，还会干扰我的宁静，于是我舍。面对所有诱惑时，我都是这样。因此，我才是今天的雪漠，而不是一个普普通通的商人，或者普普通通的老师。

我并不否定老师与商人的意义，但那不是我的方向。我很明白，每个人都有自己的意义和位置。我这辈子既不是赚钱来的，也不是教书来的，如果在这些事情上纠缠，我就没法实现自己的梦想了。分清什么跟梦想有关，什么跟梦想无关。不要毫无选择地接纳一切，要学会拒绝一些阻碍你实现目标的事情。只有这样，才有可能会实现梦想。

现在有些群体都有一种类似于"我是流氓我怕谁"的话语存在，在他们眼里向往或者高贵变成了一种非常不好，甚至非常可笑的东西，以至于好多本来有所向往的人，一进入这个群体，就会被同化，消解了自己。他们给自己贴上潇洒与不在乎的标签，但他们不知道的是，真正地消解和打碎，是拥有之后的放弃与不在乎，不是一种想当然的放弃与不在乎。

我举个例子：一无所有的乞丐或许觉得自己视金钱如粪土，还会去嘲笑一些有钱人，认为他们对金钱的执著真是愚痴，殊不知，自己看到地上躺着十块钱、一百块钱的时候，同样会忘我地扑上去，甚至跟同伴们厮打在一起，把清高的宣言抛到九霄云外。人就是这样。因为，有些人放弃的是根本就不曾拥有的东西，这种所谓的放弃，实际上是对自己的一种说辞，或者是一种安慰。他们需要这种说辞，因为他们想要消解自己那份可望而不可即的失落。但这种消解并不是真正的消解，它没有一点点真正的意义。因此你往往会发现，一个人越是强调自己能放下一些从未拥有的东西，就越是会被这种东西所诱惑与干扰。我再举个例子：有的女孩子觉得自己能放下对感情的执著，可是她一旦看到了一种恋爱的可能性，就会完完全全地忘掉自己所谓的放下，然后一股脑栽进这份执著当中，为之甜蜜，为之痴狂，为之流泪，为之痛苦，甚至为之生起嗔恨或放弃生命。

更可怕的是，有的人从来就没有拥有过一种非常崇高、非常高贵的追求与情怀，却想要消解这种东西。比如，有的人心里从来就没有底线，却告诉自己，底线也是一种名相，真正的智慧是无分别的，没有什么既定的道德标准，也不用遵守什么世间的法则，一切规则都是自己加诸自己的。这个道理看似非常合理，但实际上却是谬论。为什么呢？因为，当真理变成一种自欺欺人的时候，就没有任何意义了。换句话说，假如一些人从来没有坚守过什么底线，从来没有用真理来约束过自己，他们就不会懂得什么才是真正的"无分别"，一旦遇到欲望与利益的诱惑时，他们的分别心绝对会比任何人都要更加强烈。他们会像饿疯了的野狼一样，贪婪地扑向猎物，把一切都吞噬得干干净净。

现在有好多人就是这样。他们认为自己在消解一些东西，殊不知，这些东西他们自身根本就不具备。因此，到了最后，他们往往会把自己最初的一点向上之心都消解掉了，例如对真理的追求、对某种精神的向往等等。

时刻直面死亡的追问

我总是在寻找活着的意义：我为什么活着？

很小的时候，我就发现了死亡，也发现了死亡的不可避免。因为，在西部，每次有人死时，人们都会大张旗鼓地奏起哀乐，这时，死亡的氛围会弥漫整个村庄。所以，很多孩子马上就会感受到死亡的存在。我十岁时，就发现了这一点，于是陷入了精神危机。每次想到死亡，我就觉得自己所有的东西都没有意义。

那时，我的失落不像现在的孩子，只是面对社会时感到迷茫。让我感到失落的，是死亡这个东西。在死亡面前，一切都显得没有意义。每当看到亲人死去，我就想到，现在得到的所有东西，最后都不会属于我，我的肉体会像风中的灰尘一样，消失得无影无踪。这个痛苦一直伴随着我，直到三十岁前，我还是会因为这个问题感到焦虑。因为思考死亡，所以我从小就想留下一点东西。我不希望自己一旦死去，就什么都找不到了。

所以，我想当个作家，想把飞快消逝的生活定格下来，想用自己的笔把它们留下来。最初写作时，我并不希望文学能带给我什么东西。留下自己活过的证据，是我想靠文学解决的第一个问题。我即使在成为作家之后，也仍然在思考这个问题。我时时刻刻都想到死亡。

不过，思考死亡不是一个消极的习惯，它是非常积极的。在西部，很多人都会直面死亡。他们面对的不是城市，不是欲望，而是死亡。所以，西部有很多关于死亡的智慧谚语、格言，比如"霸了千贯霸万贯，临亡了霸下四块板"。什么意思呢？就是说，不管你挣了多少钱，掠夺了多少东西，死时拥有的，都不过是四块棺材板。

而现在，尤其在一些大城市里，大家都沉迷在物质和享受中，能想到死亡的人有多少？在乎的都是找一份怎样的工作，怎样的职业才算好职业，等等。反而自己为什么活着却忘记了追问。

留下自己活过的
证据，是我想靠文学
解决的第一个问题。

大境界也会死于拖延症

现下不少人满脑子思考的仅仅是吃穿玩乐。对一些人来说，这样的日子很好；但对另一些人来说，这样的日子就不够好了。

为什么？因为他们发现，单纯的玩乐，完了就完了，什么都留不下，宝贵的时间却回不来了。无数人、无数家庭，都重复着同一种生活模式，同一种人生模式，最后，都一头栽进死亡。等亲友们都死了，就没人知道他们来过，没人知道他们有过怎样的故事。世俗生活席卷了数以亿计的人类，但他们不甘心这么活。

他们向往孔子，向往托尔斯泰，向往耶稣，向往佛陀。因为他们觉得，自己既然存在，就必然有某种价值，如果还没实现这种价值，就死去，怎么对得起自己的活过？怎么对得起养育了自己的地球？而且，他们无法忽视那些过不上好日子的人们。他们无法忘记，一些孩子读不上书，一些农民连发霉的馒头都舍不得扔，一些人因为贫穷被小病要了命，一些乞丐冻死在冬夜的寒风之中……

对这些人来说，能不能改变世界，不是最重要的，但他们必须尽力为世界做些事情。否则，他们就觉得自己活得没意义，觉得该做的事情还没做。他们不愿从高处俯视那些被帮助的对象，他们仅仅是充满了爱。这种爱和传递爱的行为，让他们活得充实和快乐。令他们最开心的事情，莫过于付出的同时，自己也一天天成长着。

这就是雪漠心学倡导的理念。第一，它追求大境界，这不是超越别人，成为某个领域最强的人，也不由利益的大小来决定。它在乎的是，你能否为人类做出某种积极贡献。比如：马克思用生命来写《资本论》，这就是大境界；耶稣成道前到处传播博爱思想，这也是大境界；托尔斯泰、甘地等伟人的行为和人生选择，无不展露了一种非常博大的境界。第二，强调行为和选择。第三，追求超越，不被环境诱惑、干扰，以行为实现大境界的超越智慧。

雪漠心学还强调，不要把生命中最该做的事推到下一秒，更不要明天再去做。推到明天已经很糟糕了，更糟糕的是，有的人光顾着计划，光顾着讨论，偏偏不做。于是，这个"完美"计划就胎死腹中了。假如你养成了这样的习惯，就会跟那些毫无计划、毫无方向的人一样，到头来一事无成，混一辈子，有多少博大的设想，有多么宏伟的蓝图，都没有用。所以，既然选择了，就要当下执行你的选择，不要拖拖拉拉，更不要把时间和生命浪费在"谈"当中。

　　我对儿子陈亦新说过这样的一番话：爸爸的成功，只有一个秘诀，就是选中你的目标后，一辈子都记住它，做好今天的事，然后坦然入睡，别管明天的事情。

　　就是说，一旦你明确了自己该做的事情之后，生活就会变得非常简单。我的做事跟我的读书一样，我首先做的事，就是一生中必须要做的事。不做它，就是人生的遗憾，那么我就会放下一切去完成这件事。做完它，再做第二件必须做的事情，然后才是第三件……比如我当专业作家前，白天得工作，那么我就每天凌晨三点起床，这样我就能拥有更多的写作时间；当专业作家后，我每天五点钟起床，因为我可以在白天写作了。起床后，我总会坐禅和写作到中午，吃午饭后，接着写作、读书、睡觉，每天都这样。

人的一生中，总有该做的事情。你做了之后，就活得有价值；不做的时候，就活得没有意义，白活了。比如说，有个女子想找个好对象，结果找得不如意，就觉得白活了；如果她爱情如意，就觉得自己没有白活。同样的道理，如果你这辈子是为了做某一件事来的，结果你没有做好，那么就白活了。我再举个例子：当年，我为啥办雪漠文化网？也是出于这样的考虑。因为，我的一生中，不能没有一块属于我的阵地。我必须有一个地方，能让我发出一种我应该发出的声音，说一些我应该说的话。有趣的是，雪漠文化网创办至今，已经有非常多的忠实读者了，好文章发出来，会有上百万人去点击。许多人在主动帮我宣传这个网站，其原因不是我有多么出名，而是因为他们找到了他们一直在寻觅的东西。所以说，你不要管这个世界是不是会认可你，你只要真心唱出最美的歌。这个世界上总会有一批人，他们也有着跟你相同的追求，有着跟你相同的追问，他们也渴望着你所渴望的光明。你只要用一颗非常真诚的心去说话就够了，不要在乎有没有人在听。因为，你首先是活给你自己的，然后才是活给世界的，不要太在乎别人的评价。你栽了一棵小树，就别愁它啥时候长大。你只要浇水、修剪、防虫、保护它，它自然就会一天天长大。做啥事都好，你都别问收获，只管耕耘。

要知道，生命时间是有限的，用完一截，就少了一截，所以要在活着的时候，做完一生里必须做的事情。否则，在你生命结束的时候，就会留下无法弥补的遗憾。那时，你会感到非常痛苦，很不甘心，但是你却没有一点办法来弥补了。

活在当下

什么是当下？就是我发出声音，你听到声音的那个瞬间，也是打了个喷嚏的那个瞬间。我们的生命就由无数个当下组成。为什么要强调当下？因为我们留不住过去，也不能决定未来，只能把握当下。

比如，你如果想关爱亲人，就要从当下做起。珍惜每一个当下，把握每一个当下，不要管过去怎么样，也不要承诺一个自己无法掌控的未来。不要只说将来会好好孝敬母亲，将来怎么样？谁也不知道。但每个人真正的将来，都只有死亡。所以，不要把希望寄托在过去，或者未来。过去的已经过去

我们留不住过去，
也不能决定未来，只
能把握当下。

了，将来会发生什么，谁也说不清。呼出一口气，如果吸不回来，人就会死亡。生命非常脆弱，谁都不知道自己到底能活多久。

很多人放不下过去，可过去是什么？过去只是一点点记忆。童年也罢，前年的情景也罢，去年的情景也罢，包括刚才的那个当下，现在还在吗？它们都变成了记忆。而且，那些记忆也不断消失着痕迹。昨天看过的书，你今天可能就忘了；昨天说过的话，你今天也记不起来了；昨天恨过的人，你今天可能觉得他非常可爱；昨天对某人产生了一点好感，今天你可能就对他没有感觉了……以往的一切经历，都在不断消失着。所有的记忆，都像梦幻泡影。昨天你谈过的恋爱，就像做梦一样；昨天你吃过的山珍海味，也像做梦一样。它们能留下什么呢？不过是一点记忆，甚至连一点记忆都留不下去。这就是世界的本质。除了当下，我们抓不住任何东西。

更何况，这个世界上的一切，都是各种条件的聚合。组成的条件一旦改变，事情就变了。往日的恋人，今天可能形同陌路；至交好友，可能因利益冲突而反目成仇；今天青春貌美，几十年后就会变得鸡皮鹤发……我们抓不住任何东西，也留不下任何东西。我们只能把握当下。不留恋过去，不计较未来，做到清明、快乐、放下的时候，你就抓住了生命。因为，我们的生命，正是由每一个当下组成的。

简而言之，当下，就是你拍响巴掌的那个瞬间，而当你抓住每一个当下的时候，也就抓住了永恒。

没有自省，便没有真正的自信

　　我读中学时，就给自己定下了一个目标：改变命运。

　　因为，我不愿像父辈那样，一辈子像牛一样劳作，最后毫无意义地死去。我下定决心要改变自己。年轻时，我就在床头贴着"战胜自己"四个大字，每天早上一睁眼就能看到，时时提醒自己。那我要战胜自己的什么东西呢？人性的弱点，比如懒惰、贪婪、自私等等。我对自己毫不妥协。哪怕对付一个极坏的小人时，我也会要求自己，要保持反思的警觉。因为我发现，某些大人物在追求所谓的成功时，确实使用了比小人更卑劣的手段。当初，也许他是为了维护某种好的东西，但当他经常使用这些卑劣的手段，渐渐养成习惯后，他的心、他的本质，就慢慢地变了。他会彻底变成一个更卑劣的小人。毫不妥协是我们中国人性格中很稀缺的东西。

不过，人的个性就像硬币的两面，改不了，有时也没必要改。只要客观、准确、全面地了解自己，发现自己的强项，看清自己的弱点，尽可能不要让这些东西产生副作用，就够了。我在追求生命意义的过程中，就会尽量将个性发挥在好的方面。但你同样要明白，一个人成功的原因，往往也是局限他、制约他、阻碍他获得更大进步的那个东西。

在这一点上，中国传统文化发现了一种非常了不起的辩证关系。比如：我们学了太多的知识、文化，掌握了太多的规律，就会在创新时受到束缚；一个人对生命意义、对真善美的追求达到极致时，就会排斥不符合真善美标准的东西，显得非常偏激。所以，我们必须经常反思，不断打破原有的东西，不断否定自己，不断超越自己，完成否定之否定，才会上升到一个新的高度。这就是自省。

宗教所说的"忏悔"，其实就是自省，也就是自我批评。那我为什么不说忏悔呢？因为现代人不但不随喜，还会觉得很奇怪。他们会觉得，你凭啥叫我忏悔？我为啥要忏悔？所以，我便用了另一个词来表达这种意思。当你能发现自己的不足，向往一种更伟大的精神、更伟大的存在，并以实际行为走近它时，便有了真正的宗教精神。这也是宗教的本质。当我们打破一些宗教名相，用现代人能接受的方式介绍传统文化时，大家就会理解与认可这种文化的精神与精髓。

在自信的基础上，不断自省，不断打破，人和文化才能进步，才能走向更广阔的舞台和世界。但没有时刻的自省，也就没有真正的自信。否则，自信就会变成狂妄和目空一切，这也是毫无意义的。因此，时刻保持清醒的警觉，确实非常重要。

有一次，一个十岁的小女孩坐在我的旁边，她根本就不把我当成一个如何如何的人，心里也没有"著名作家"的概念，她只是非常真诚地、非常天真地跟我聊天，我非常开心。我喜欢与一些天性质朴的朋友交流，也喜欢跟孩子们在一起。跟小学生在一起时，我总会非常开心。为什么呢？因为他们的心里概念少。但是，要是他们读的书多了，再接受流行于社会上的一些价值概念，就不可爱了。

我认识一位女博士，很怕和她交流。为什么

呢？因为她学到的很多知识，竟然把一个鲜活的女子，变成了一个充满诸多概念且狭隘偏激的人。当然这是个别的。有的人虽然拥有很多知识，但人还是很不错。一般情况下，心里装的概念越多，心灵就越不自由，就越难以按照最本真的自己来活。他会用自己学到的知识去分析你，去分析这个世界，心里老是嘀嘀咕咕的。他会推测你这个人怎么样，你想怎么样，等等。实际上，那诸多的"怎么样"，都是他自己的"怎么样"，而不是别人的"怎么样"。他一直在这样分析的时候，也就把一个巨大的世界拒绝了。其实，这个世界只是在焕发着自己的光芒，它是不需要任何分析的。我举个例子：有些人看到很美的花，心里首先浮现的不是感动，而是花的学名、种植方法，甚至药用价值等，他反而忘了享受花的美了。但小孩子不是这样。小孩子看到美丽的东西时，总会坦率地表达自己的欢喜，坦率地去感受它。

近年，我们开始举办雪漠亲子班，教孩子们写作文，我们的教法跟别人不一样，主要训练想象力和文学感觉，效果很好。我们发现，一年级的孩子最好教，只要方法得当，他们很容易就能写出很好的作文。教高年级时，就会吃力很多。孩子一旦上了初中高中，被学校灌输了各种概念，这时候，你再叫他放下概念、知识、规则，用最坦率的心去感受这个世界，感受很多超越概念的东西，就会吃力很多。上了高中的孩子，要是想象力差，以后是很难写出好文章的。

明白真心，再从真心中流出文字，这样，我手写我心，就会写出好文章。

当然，只要训练方法得当，成年人也照样可以开发，雪漠创意写作班上，我们只训练三天，有很多成年人就会写文章了。我们主要是先让他明白真心，再从真心中流出文字，这样，我手写我心，就会写出好文章。

理论这种东西，只有在你的心灵实现了绝对自由、自主，超越了一切概念束缚的时候，才能为你提供营养，否则它就是你心灵的枷锁。你越是博学，就越是受控。所以，我们应该先做好一个自主的、活生生的人，然后再用另一种眼光去接触那些理论。

积极的行为本身具备快乐

有人问我，你写这些有关信仰和终极超越的小说，到底是为了改变自己，还是为了改变世界？我告诉他们，我最主要的是享受快乐。

人类所有行为的目的都是快乐，人类创造出文学、科技、艺术等等一切，也都是为了两个字，快乐——人类本身的快乐。当一种文化所崇尚的快乐不用任何人为之付出代价，能让每个人都快乐的时候，它就是优秀文化。好多宗教都是这样的。当然，如果有一些宗教为了自己的快乐而让别的教徒不快乐——比如十字军东征时对异教徒的屠杀——就是一种罪恶，而绝不是全人类共同追求的快乐。所以，只有自己尝到这种快乐，并且让世界上所有人都能体会到这种快乐、无论做什么事情都能享受到这种快乐的时候，才是佛教所提倡的利益众生。

关于这一点，也有人说，一旦作家描写当下具有现实意义的一些东西，比如接触到老百姓的苦难时，他就很可能会变得不快乐。的确，老百姓所承受的苦痛，是让人感到非常无奈，也极为痛苦的，但是对于作家来说，痛苦的同时他仍然非常快乐。因为，当一个作家目睹了人类的苦难，同时又发现了一种改变它的可能时，这种可能本身就会让作家感到非常快乐。

所以，智者的所谓痛苦，仅仅是对世人的悲悯。而且，即使在悲悯的时候，智者仍然明白，苦难也罢，顺境也罢，都是因缘和合之物，很快就会过去，无须执著。因此，相较于沉浸在悲情当中，他更愿意用实际行为来利众——或传播一种让人超越苦难、快乐明白的真理，或尝试改变他人的境遇。积极的行为是快乐的原因之一，假如你没有行为上的积极，有的仅仅是一些想法，那么无论你想得再多，也无法给自己带来真正的快乐。比如说，丛飞在为了帮孩子上学而卖唱的时候，即使饱受疾病的折磨，也仍然是快乐的，因为他的生命中充满了积极的、向善的行为，这种行为能够改变发生在他人身上的悲剧，那么这种行为本身就会给他带来巨大的快乐和满足。

在这个时代，已经不需要我们说大话了，它需要的是实际行动，需要的是对需要帮助的人给予哪怕一丁点的帮助。所以，所有掌握主流话语权的人和媒体，都不应该对善行指手画脚、冷嘲热讽。因为，假如一个人一旦行善就要受到社会舆论的揣测和攻击，谁还敢贸然向社会伸出援手呢？如果越来越多的人因为畏惧舆论而不敢做自己该做的事情，受到伤害的难道不是我们生存的这个社会吗？人人都为社会的冷漠而感到痛心，但这个冷漠的社会现状又是因何形成的呢？作为社会的一员，我们每一个人都应该扪心自问。

传递一个微笑，也是一种成功

很多人对成功的定义是金钱、地位。但对我来说，成功就是他能用生命去实践爱，让人一想到他，心里就充满了温暖。哪怕他只能给别人一个微笑，一份好心情，一点力所能及的帮助，这也是成功，因为他传递着一种精神。

有一天，一位家乡的老人来找我，让我教他写作。我问他为什么，他说："到了这个年纪，我才发现，房子也罢，财产也罢，一切都不是我的。我想留住一种东西，打上我的烙印，告诉这个世界，我来过。所以，我想写一部书。"我看了他带来的文章，发现他写得一塌糊涂，但他已八十岁了，再学写作，或许有些晚了。于是我告诉他，你不一定要用这种方式，虽然写书可以留下东西，但不一定所有人都要写书。每个人都有适合自己的方式。孔繁森、雷锋、丛飞等人虽然没写出大作品，但他们用行为传递了一种精神，这种精神让我们敬畏，也影响了很多人，让别人也去奉献，去帮助别人。这种精神的传递，就是一种不朽。而能传递精神的载体有很多，可以是文字，但不一定是文字，也可以是文化、故事、艺术等等。会写文章的人，可以写文章，不会写文章的人，可以写剧本，或画画、摄影、雕刻、策划活动、推广文化等等，方式非常多。最重要的不是形式，是你想传递的东西。只要有了真东西，每个人就能做些自己喜欢做，也该做的事情。那么，他们就能实现一种相对永恒。

而当我们每个人都把歌声献给世界时，其实也是为自己唱歌；当我们每个人都用行为贡献社会时，其实也是在完善自己。这种自我完善不但利益了别人，也改变了我们自己的命运。因而，最大的受益者还是我们自己。因为，我们在用一种非常踏实的行为，实现着真正的生命价值。

所以，生命价值不像很多人想的那么复杂，也不需要多少先决条件。你只要改变生命态度，改变生活方式，然后，在质朴的生活中实践一种爱，一种对真理的坚持，就够了。形式不是最重要的。

成功就是他能用生命去实践爱，让人一想到他，心里就充满了温暖。

后 记
Postscript

给 你 一 双 慧 眼

在出版这本小书之前，就有人问我，现在的大学生会对这种读物感兴趣吗？我说会，不仅会，感兴趣的人还会不少。为什么？因为他们面对自身也罢，面对社会也罢，正处于满心疑惑的阶段。不知道面对纷乱而来的信息，如何去筛选，如何去确定。我的学生告诉我，她身边的同学其实迫切需要有人能告诉他们如何去做。而我并不是提供答案，只是让他们知道世界上还有另一种思维，可供他们参考，而这种思维会带来一股清凉，能让自己真正明白快乐的含义。

本书有以下特点：

一、"不合规矩"。规矩，指的是社会上各种各样的游戏规则，例如娱乐圈的各种潜规则，职场里的钩心斗角，甚至学术圈也是这样，谈级别，谈获奖等。生活中充斥着这样的集体无意识，每个人都会觉得自己必须去追求这些东西，谁也不认为自己应该关注其他东西。但书中的很多事例都在呈现一个事实，就是你不必按照规则生活，不必跟随主流。特别是对大学生这样年龄阶段的青年来说，命运的各种去向、选择，陡然摊开在眼前，茫然无措中轻易就会变得盲从，例如一窝蜂地考公务员，或者涌去考教师资格证、会计证，或者奔去出国。而自己到底需要什么，并没有仔细考虑。因为害怕社会这个巨兽让自己尸骨无存，所以主动地跳了进去，左推右搡想要挤出一个立足之地。其实大学生缺的不是选择，而是面对选择过剩时，对自我生命的叩问和人生的自主。本书的"不合规矩"让读者从各种游戏规则中跳脱出来，回到本身，审视自我。

二、阅读本书，让读者解惑的同时，也给读者提出了一系列的问题。这些问题，或许在之前的生活中被遗忘，被忽视，或许从来没有思考过。而当读者面对这些提问，开始思索、追寻属于自己的答案的时候，生命的质量就会发生改变。因为心变了，选择就会跟着改变，每一个选择又决定了下一个行为，无数的行为就构成了人生。而当下大多年轻人的人生并没有一个参照系，因为对自己没有生命的追问，导致随波逐流。生活对他们而言，仅仅代表活着，走到哪里就算哪里。这些提问对他们来说，就像在一场旅行即将启程之前，对自我认知的重新评测，对旅途目的地的郑重选择。认准了目标，坚守了自己，这趟旅行走下来才不会后悔。所以，这些问题其实并不是笔者在问你们，而是你们向自己的灵魂发问。

三、从当下做起。书中有着对各式各样人或事的思考方式，我更愿意称其为方法，而非道理。曾有人问我该如何调心，我让他去看《世界是调心的道具》，他回答书上的道理看不进去。这就是被文字所障，殊不知那些"道理"都是由生命体验化为的文字。在文字的背后是一个个方便法门，很多人在阅读的过程中，就感受到心上的雾在散开，清凉从心底升起。书中的一个个事例都是日常生活中最普遍的例子，就发生在你我身边，这意味着只要在当下换一种思维方式，你就会有不一样的生活。其实生活并没有改变，改变的是你的心，你看待它的眼光发生了改变，一切就都不一样了。而这都可以发生在一瞬间。

最后，在整理书稿的时候，朋友给我讲了一个故事。他在公园里请一位男生帮他拍照，照完之后，小伙子问他人活着的意义是什么，由此，两人便聊了起来。这个男生的母亲是妓女，父亲是个酒鬼，从小被人嘲笑排挤，与周围格格不入。他从老家背井离乡来到他乡，是为了逃离噩梦般的生活环境，可仍然无法融入周围的人群。他最爱看书，但苦于没有读书的机会。得知他生活拮据后，朋友就拿出身上的钱给他，没想到这个男生拒绝了。虽然他话说得不多，但其执拗的表情、僵硬的肢体都表明了他不接受的态度。直到朋友拽出男生裤兜里紧握的手，硬塞给他，他才收下，而他手心里满是紧张的汗。过后这个朋友才得知，男生那几天其实已经以拾荒为生了。更让人意外的是，他没有用朋友给的钱胡吃海喝一顿，而是买了书，买了两个大包，装着他所有的书，跟着朋友去学习。他的全部行李，就是那两包书。他的骨子里有一种高贵，他对自我有一种坚守。试想，他从小就生活在一个污浊的环境里，但他并没有被周遭影响，反倒活出了人格上的纯粹，如今能有多少人在他那样的遭遇下，坚守住人格的尊严？他的故事令很多人汗颜。

我在写这本小书时，脑子里反反复复浮现出那个男生，浮现出许多向我询问该如何选择的年轻人。他们只是一个缩影，他们的背后有着千万同样困惑的人，所以我想把我的明白和清凉分享出来，哪怕能让一个年轻人在正当的年华明晰自己今后的路，这本书也有了存在的价值。

——2017 年 7 月 22 日定稿于沂山书院